21天
搞定你的劇本

有好故事，卻總是寫不出來！ 這樣寫，讓你一口氣完成心中劇本

維琪‧金Viki King——著

周舟——譯

原點

一段友誼的開始

給親愛的你：

　　現在你拿到《21天搞定你的劇本》這本書，開始閱讀。（又或者還沒開始，也許這是你讀的第一頁，總之你自己知道。）不管怎樣你都要知道編劇不是悶著頭寫自己的電影。

　　你內心的電影和一件事密切相關。想說什麼不是重點，而是你一定要變成什麼以及寫些什麼，書中所提供的，其實就是「內心電影之道」（the Inner Movie Method）。

　　我寫這本書是關於你與自己生活的體驗。你可以移動角色的場景，決定新的選擇點，而劇本上發生的事，正發生在生活中──這是最令人驚奇之處。在更好的決定中成長，你能不愛這樣嗎？而接下來，就看你的了。

　　由衷地祝福！

維琪・金

www.vikiking.com

加州，馬里布

影劇界推薦

我承認──完美主義成了我的絆腳石，我一拖再拖，遲遲不能動筆。而維琪寫的「別想太多，放手去寫」對我來說無疑是一劑對症良藥。

──艾美‧哈里斯（Amy Harris），影集《欲望城市》（*Sex and the City*）、電影《幸運之吻》（*Just My Luck*）編劇

維琪邀我為新版的《21天搞定你的劇本》寫推薦時，我想：「這本書不需要推薦！它賣了25年！我知道，因為從第一版開始它就一直在我的書架上。」

當然，她邀我時我深感榮幸，甚至到說不出話的程度。等到我好不容易開了口，脫口而出的卻是：「我？真的？我嗎？你確定……？我的意思是，我並不是個電影編劇，是電視編劇……你知道她對我說什麼嗎？那位有智慧、超妙的維琪說：『廢話少說，寫就對了！』」

沒錯，這就是維琪，簡單、乾脆、妙語如珠！「廢話少說，寫就對了」是給所有編劇最好的建議。就這麼簡單，連這本書也不必讀了──不過還是讀吧，因為這不是本關於寫作的書──嗯，好啦它是。但它的重點在生活，優雅地過日子，在你播下的努力中綻放光彩。

把這本書奉為聖經這麼多年後，我終於得見維琪本人。幸運地，我們成了朋友。我們最愛看夕陽，我跟她會到聖塔莫尼卡的海灘會合，看著陽光離開天際。有次我帶著我那本老舊的書，向她要了簽名，她寫下「心底

的光」。

　　有了這本書，你將找到內心的光芒，打開它，你會愛上自己的文字。

──艾倫・珊德勒（Ellen Sandler）《電視編劇手冊》作者，電視劇《大家都愛雷蒙》執行製作人

　　20年前，我是意氣風發的美國南伊利諾大學電影學院畢業生，我站在一間很大的連鎖書店前，身旁是對我相當引以為傲的母親，她突然說要買本書當作我的畢業禮物。我掃視許多關於電影製作與編劇的書，我看到一本搶眼的紅皮書。維琪的《21天搞定你的劇本》──只用短短幾頁就藏了實用的編劇方法，實際的快速練習，它簡潔明瞭的寫作方式立刻吸引我、讓我大受震撼，推動我立刻著手寫作。

　　我告訴媽媽這是我要的書，她給我一個表情，那種只有媽媽會給的表情，像在說：「幾千本書給你挑，這本就是你要的？」

　　回顧我多年來成為成功的好萊塢編劇、製片和導演，我對維琪充滿無比感激，她解開我早年對編劇的疑惑，同時保持藝術的神祕感，她書中關於正確編劇格式的練習，讓我花了最有幫助的15分鐘敲鍵盤（這本書真是值回票價）。我們現在是朋友、鄰居，每每在海灘上碰到她時，我也常提起這件事，她是我遇過最喜歡、睿智和聰明的人。還有，她也是南伊利諾大學校友！

　　現在我希望她跟我母親見個面。

　　手中有這本書你就無敵了，發自內心去寫，我們海灘上見。

──喬・西屈塔（Joe Sichta），曾在華納兄弟、夢工廠動畫等知名好萊塢工作室擔任編劇、製作人及導演，並任迪士尼互動娛樂高階媒體開發總監，多次獲艾美獎及安妮獎提名與獎項。

維琪是哲人、繆斯、神話裡的療癒者、暢銷作家、思想領袖、創新者、夢想家。

她啟發我面對那段不正常的過去。她的話語像當頭棒喝，讀過她的書後，我找到她本人。她帶著我離開那段用藥過度，鎮日迷幻，幾乎要進精神病院的日子，把我的經歷轉變成開啟心靈的鑰匙。她在《21天搞定你的劇本》以及《Feelization》等書中，對生命精準的論述就像短詩一般，如穿破烏雲的陽光照亮我的心，請讀她的文字並一再咀嚼品味。

——布雷特・卡爾，《革命》（*Revolution*）導演、《真情世界》（*The Cure*）製作人、《*Ricky Remington Dolphin Dreamer*》小說作家。

我將本書推薦給我的所有學生。本書以坦誠而率直的風格，鼓勵和宣揚了一種極富創造力的思維模式，令人耳目一新，既非高不可攀，也不艱深晦澀。正因為這份輕鬆平易，才得以卸下多數藝術從業者對這類書籍極易產生的心防。你可以完全信任這本書，讓它引領你直奔你故事的心臟。維琪會牽著你的手，帶你領悟：結構絕不是死板僵化的公式，它能將你用想像力召喚出的一切都納入其中。

——艾倫・瓦特（Alan Wate），暢銷書《鑽石狗》（*Diamond Dogs*）作者，洛杉磯編劇研究室創立人

多虧了維琪。我是個編劇，現在我的生活整個改變了！舊的一頁翻過，一切都煥然一新。維琪對於人類生活、經歷和需求的深刻見解，尤其讓我五體投地。

——唐・克利里（Don Cleary）

本書有助於把寫劇本這令人生畏的艱鉅任務，分解為若干件每次只用8分鐘即可完成的事。從前我以為寫作前需要海量的準備工作，現在我明白了——其實就是拿起筆這麼簡單。

——丹・肯德爾（Dan Kendall）

目錄

第一部　全書概況

第一章　承諾、承諾，給你的承諾

第二章　什麼是「內心電影之道」？

第二部　如何著手準備？

第三章　寫什麼？

第四章　怎麼寫？

第八章 改寫：用腦改

第四部　面對難以克服的障礙

第九章　禪與成事的最高藝術

第十章　外部障礙：埋頭寫作時，怎麼交出房租？

第十一章　外部障礙：時間

第十二章　外部障礙：地點和物件

第十三章　外部障礙：我該找個寫作搭檔嗎？
　　　　　他該具備什麼特質？

第十四章　外部障礙：對愛侶的指導—怎麼關懷和培育一位準編劇

第十五章　外部障礙：編劇的家庭啟蒙書

第十九章　內心障礙：階段與時期

第二十章　內心障礙：文思堵塞怎麼辦？

第二十一章　內心障礙：你的夢

第二十二章　內心障礙：行動

第五部　結語

第二十三章　沒有哪個行業像娛樂圈這樣

前言
內心的電影如何誕生

　　暫停寫好萊塢劇本的期間，我待在西班牙南部寫了幾本有趣的書，且決定到紐約去，找個著作權代理人推銷我的書──我真的這麼做了。一到紐約，我打了好幾通電話，和紐約最棒的代理人Connie Clausen聯繫，她用最道地的紐約方式告訴我：「現在過來吧！」我跳上計程車，立刻前往。搭電梯到她位在16樓辦公室的同時，我不斷想著該推銷哪本書。

　　我問自己：「以我此刻現有的資訊和靈感哪本書最適合、最容易成功？」出乎我的意料之外，不是我當初想推薦的愛書。

　　在我的內心深處，一直渴望過去在好萊塢創作的冒險過程，累積下的努力、汗水和淚水，能夠得其所用。

　　那時電梯已經升到第9與第11層之間，繼續往上的同時，這本書在我的腦海浮現。到了第12層，我的渴望與機運相互融合。而《21天搞定你的劇本》就是這樣的一本書，它早就在你的內心，完美成形，等待你賦予心跳。

　　電梯到了第16層，我整理好我的說詞，敲門，談成合約。

　　如今，這本我最珍愛的書出版25年了，它在全球出版，譯成多國語言，它存在於奧斯卡得獎人、電影製作人，甚至是一個在iPad平板電腦上寫第一部電影劇本的3年級學生等數以千計編劇的腦袋瓜裡。

　　你很難想像我的喜悅！我不知道原來這會帶給我這樣的喜悅，也許，

沒有這本書，我就不會成為今天的我。

　　我會對你說這些，是因為現在該輪到你了，你最棒的作品是什麼？你內心的電影之道是什麼？

　　是時候了，它正在呼喚你。我最喜歡的內心電影之道定律是：不斷實踐夢想時，你才是活著的，其他都是虛構的。

　　獻上我最誠摯的愛。

維琪・金

加州，馬里布 2014

【編按——關於本書劇本格式】

本書中所安排的部分劇本片段，主要用以佐證作者的論點與說明。由於原文格式較不適於中文閱讀，因此，針對故事與人物對話、場景敘述等，略做調整為中文劇本格式，以便讀者閱讀。

然而，作者特別於書中——**第一部第四章節**——，解說英文劇本標準格式，為了讓讀者理解，因此保留原文格式。

第一部

全書概況

第一章

承諾、承諾，給你的承諾

你想寫電影劇本？恭喜你，你找對門路了！

《21天搞定你的劇本》會帶你從起點──你的精采想法──直奔終點：一個完成的劇本。兩點之間內心之道最短，你不必繞遠走冤枉路。

本書包羅了你需要知道的有關結構、內容和人物的一切，甚至還告訴你如何在打字機上設置TAB鍵。

內心電影之道會幫助你發現自己想寫什麼，然後協助你完成。

1.1 如何使用本書

本書跟劇本一樣分為三部分：開頭、中段、結尾。在第二部的開頭是準備（set-up），第三部的中段是行動（action），而第四部的結尾是結局（resolution）。首先我們會一起為你的故事做準備，之後你將寫完整部電影。別擔心你在完成劇本的過程中遇到的所有障礙，我們將會一一解決排除。

開始：如何著手準備？

在這個階段，我們會弄清楚你寫劇本所需要的一切。我們會找到你的故事、你的人物，找到最適合你故事的結構，還會讓你知道它在紙上應該

是什麼樣子。

以下略舉幾例：

- 怎麼知道你的想法：
  練習——找到你想說的。
  行動——把它說出來。
- 怎麼知道你的想法是否適合寫成電影？
  確定你的想法是否更適合用歌曲、戲劇或者小說來表現，而不是一部電影。如果情況真是如此，該怎麼辦？
- 如何運用兩頁紙，搖身一變成為劇本專家？
  只需用你的打字機打出一份2頁圖示。有了它，你就能掌握你需要知道的所有劇本格式。

中段：21 天寫完你的電影劇本

在這個階段，你要寫劇本了。先用你的心快速寫出一份自由初稿（random draft），然後用你的腦進行改寫。書中的第二部會告訴你完成劇本需要採取的所有步驟。

你能在書中找到以下這些問題的答案：

- 我是怎麼把主角弄丟的？怎樣才能把他找回來？
- 我的故事到底是什麼？我總是忘記。
- 怎麼什麼事情都沒發生？
- 我怎麼才能讓我的人物像真實的人們那樣講話？
- 我知道開頭，也知道結尾，但現在我怎樣才能從開頭進行到結尾？

在你寫電影的這一路上，我們都會手牽著手，一步一步地前進。你甚至還會學到：

- 怎麼知道你何時才算真的大功告成了？

  準備好只能在劇本完全寫完後回答的測試問題。

- 怎麼找到兩個人試讀你的劇本（不包括你的親友伴侶）？

  準備好問讀者的問題，用來測試你是否已經說出你想說的話？

  準備好讓讀者問你的問題，用來測試你是否已經找到講述自己電影的最佳方式。

結尾：面對難以克服的障礙

我們將在書中的第四部揭曉這一路你可能會遭遇的所有障礙、疑問或具體困難。

沒有任何一本編劇書會談到以下這個事實：你以為你會栽在這個劇本上。透過第四部，你將會明白自己為什麼會停下。只有找到原因，你才能採取行動，繼續前進。我們會談到：

- 當你認為你無法前進的時候，如何繼續？

  你可以請你的愛人對你說一段告白。

  助長信心法。包括：「如何寫粉絲信給自己。」

- 為什麼你必須相信你能辦到？當你不能的時候該怎麼辦？

- 為什麼寫到第90頁時你會感冒？

- 練習保持前進。挑出一個問題、挑出十個問題──不要停下。

如果障礙實在太大，你就是無法繼續寫下去，本書還提供以下這些相當細節的方法：

- 該把你的工作區域安排在哪裡？

- 怎麼規畫工作時間？

- 當你無法上床睡覺時，怎麼跟你的另一半解釋？

可能你最迫不及待想看到的部分是你會賺多少錢。在第五部「沒有哪個行業像娛樂圈這樣」，你會找到以下這些問題的答案：

- 我是不是需要經紀人？
- 我要怎麼找到經紀人？
- 找到經紀人之前我該做什麼？

我們甚至還走得更遠：

- 我怎麼知道自己什麼時候才算入行了？
- 如果我住在水牛城，能在好萊塢取得成功嗎？

本書提出了你未曾想到的所有細節問題，也回答了所有你已經想到的問題。

我們不會說「這個的定義是」和「那個的意思是」。你只要有一個正確的開始，用不了多久，在你還在擔心如何開始之前，一切就已經結束了。

所以，拿起一支鉛筆，一張你還不知道怎麼填滿的白紙，我們要準備寫一個電影劇本了，一部內心電影。

第二章

什麼是「內心電影之道」？

我在編劇協會（Writers Guild）的同事聽說了《21天搞定你的劇本》後說：

「你瘋了嗎？就算花再多時間，也寫不出一個劇本。」

這是一個祕密：我的同事是對的。

然而有數以千計的人正努力做著這不可能的事。

這就是「內心電影之道」誕生的原因——找到讓不可能成為可能的方法。

內心電影之道用一句話表達就是——**用心寫，用腦改**[1]。

既然大腦清醒的人說沒辦法寫出劇本，那我們就不用腦，我們用心來寫。

你的心遠比你想像中的聰明，它知道你想要寫的電影是什麼。所以我們繞開所有的疑問和困惑，繞開生疏的形式，直奔心靈。

2.1 怎麼讓你的腦聽從於心？

---

1 作者的「用心寫」、「用腦改」可以理解為「用感性思維去創作」、「用理性思維去修改」。——譯注

寫作是一種分裂狀態，因為它需要動用你的不同部分。你的心，它已經感受到你的電影，而你的腦，則要把它呈現到紙上。

人類其實一直處於這種分裂狀態：我們就像一個雜耍高手，必須同時兼顧我們的左腦和右腦、意識和潛意識、分析力和直覺力。

生命的和諧就來自於對自己身體不同部位的平衡，並知道該何時運用哪個器官。

我們在創作的時候運用了四種不同的模式：

研究。將物件全部吸收，進行研究、提出問題、找到聯繫，從無意義中發現意義。

創造。來場腦力激盪吧。和素材玩遊戲，搖晃它、嗅聞它、倒過來打量它，突破思想的界線，用新的方式從一切角度揣摩它。

決定。一旦你決定以何種方式看它，就要排除任何阻礙這種視角的可能，並將你決定採取的方式運用到極致。

行動。將它變成事實。安排、計畫、執行。

這些模式不是線性排列的。這一分鐘你需要腦力激盪，下一分鐘你可能就需要從腦力激盪中跳出來，進屋來做點別的事。

這些模式之間的跳躍是很自然的事。你的心知道什麼時候該用哪種模式，但是你的大腦總是不太相信。大腦認為模式轉換是它的工作，所以會對心靈進行干涉，企圖抓住閥門，干預整個自然過程。

這個矛盾不難解決。內心電影之道會分配給你的大腦一些它特別擅長的工作，這樣就可以讓它忙於應付而無暇他顧，把美妙的自由留給你的心靈，讓它創造出一部偉大的作品。

內心電影之道為你的腦和心分配了特定的工作，這樣一來你身體的各個部位都能發揮所長，而不會去干擾另一部位的工作了。

2.2 給大腦的工作 vs. 給心的工作

你需要一些技巧來發現你的故事是關於誰的和關於什麼的。

一旦你知道了故事關於誰、關於什麼，接下來的問題就是怎麼寫故事。

你需要技巧來組織你的故事，使它有開頭、中段和結尾。

你需要技巧來將你的故事呈現在紙上，讓它看起來就像一部電影。

你需要練習以保證你的寫作水準不斷提高。

你需要哭泣時有個肩膀倚靠，歡樂時有人和你一同慶祝。

給大腦的工作：

(1) 9分鐘電影路標

在你動筆之前，就應該知道你的劇本的第1、3、10、30、45、60、75、90和120頁要寫什麼。9分鐘電影路標（The 9-Minute Movie）好比一張地圖，有了它你才能穿越第二幕的沙漠，不至於失去目標，迷失在白紙的海洋裡。

(2) 2頁圖示

第一次寫劇本的人最擔心就是劇本格式。事實上，劇本格式是所有事情中最簡單的。透過列印這2頁圖示（The 2-Page Picture Show），我們會讓你成為劇本結構的專家。一旦你搭起了結構的骨架，就可以輕鬆添入內容的血肉。

給心的工作：

(1) 8分鐘作者

別再搜索枯腸，苦思冥想如何進行描述、分析或猜測，這個方法能讓我們發現你的心裡有什麼。

我們的方法簡單至極，只要問問題就好。透過這個方法，可以快速讀出你的心意。因為一旦我們繞開大腦，感覺就會有如源泉，不斷湧出。正

是這些感覺幫助你把電影劇本寫出來。

作為8分鐘作者（The 8-Minute Author），你要自始至終和心底的自己保持聯繫、息息相通，從而讓你在最短時間內獲得重大發現，明白自己真正想要什麼、真正希望什麼、真正願意說什麼。

你看到的這個空格＿＿＿＿＿＿，需要你自己去填寫。首先我們需要做一些小練習，用意是為了讓你每次都在8分鐘內完成讓你的電影從心裡蘊釀到紙上書寫的旅程，它就會逐漸成為你正式寫電影時運用的技巧。

(2) 你的年齡如何洩露你的想法？

你也許需要一些技巧來搞清楚這個故事是關於誰和關於什麼。這一節說的是：我們電影中的人生主題其實是建立在我們特定的年齡基礎上。你可以對照書查到你自己的年齡階段，你會發現你人生中經歷的人生主題也正是你電影的主題。通過寫這個劇本，相信你會找到這個問題的答案。

(3) 面對難以克服的障礙

你還需要一些技巧來排除困難，保持前進。在第四部「面對難以克服的障礙」，我們會辨識你的障礙，無論它是外部障礙（家庭、工作、時間和地點），還是內心障礙（神經過敏、一再拖延、缺乏自信），都能對症下藥找到治癒的方法。

2.3 如何在 21 天裡一一突破困難？

首先你要做好準備。你要知道這個故事是關於誰、關於什麼，將怎麼發生、在哪裡發生。你要找到一個視覺道具（visual aid），然後開始腦力激盪，將你的主角具體化，想好片名、宣傳文案，並且確定你的工作場所。

第1天到第7天：你要迅速地寫完自由初稿。我們會告訴你每天寫幾頁，需要寫些什麼內容。你每天工作不會超過3小時（經常會少於3小時）。這樣你的日常工作和生活就不會被干擾。

第8天：你可以休息。

第9天：你可以把寫完的自由初稿整個讀一遍。

第10天到第17天：改寫。你每天需要改寫一定的頁數，我們會告訴你每天改寫多少頁，寫什麼。

第18天到第21天：調整和修潤你的劇本。

第21天：你就可以慶祝劇本大功告成了。

這21天裡，工作時間有的短至10分鐘，最長也不會超過3小時。而且這3個小時不必是連貫的，只要合計時間達到即可，你可以把它分成若干個8分鐘和10分鐘。

我們不僅要讓困難的事情變得簡單，還要讓它盡可能有趣。

2.4 碎碎念

一旦你的大腦不再礙事，你的心就能自由地致力於劇本寫作了。我們可以從潛意識開始，你要做的就是讓心裡已有的一切躍然紙上。這看起來就像是自言自語，想到什麼就說什麼，其實這些自言自語卻與一些深層的想法、念頭隱隱相連，兩相結合後就能創造出一幅新圖像。

就像夢，一旦你明白它的意義，你就會恍然大悟原來它不僅僅是五花八門、稀奇古怪的影像。夢，其實就是一場午夜場電影，就是要說一個故事給我們聽。

2.5 並置的力量

先舉一個例子：

法蘭克：你的妻子怎麼了？最近你都沒帶她來過。

拉爾夫：她很好。你有聽說傑克要離婚嗎？

　　從這個簡短的對話中，你能猜到拉爾夫和他的妻子關係如何？將看似毫無關係的想法放在一起，就能講述一個故事──你看到了嗎？

　　在內心電影之道中，我們的第一稿是自由初稿。不用緊張，畢竟它只是自由初稿，之後我們會用腦來改它，我們打磨、修改、剔除。只要我們的心產出了一個自由初稿，我們的大腦自然會審讀它，並發現它是關於什麼的。

　　還是以夢為例。當你醒來，問：「這是怎麼一回事？」你的大腦便開始試圖解釋。但試試這個方法──先把你記得的趕緊寫下來。你會發現隨著記錄次數的增加，你會憶起愈來愈多的夢境。之後，回顧你速記下來的內容，夢的意義自然就會顯現。先用心後用腦，意義就會自然顯現。先穿襪後穿鞋，不要弄錯順序。

2.6 別光說不練

　　這是一本鼓勵大家創作的書。讓我們一起講（口頭或書面的）故事，而不僅僅停留於閱讀。讓我們發動色彩、聲音等一切視聽元素和個人感受，來創作一部偉大的電影。你想加入嗎？

　　我們所說的內心電影之道，就是：不能、不該，也不要讓你的理性思維阻礙你的行動。行動，除此以外別無他法。而要開始行動，你只要相信並跟隨你的感覺就對了。感性寫作的好處就在於，它會使寫作過程變得更加輕鬆，因為感性思維貫穿你生活的始終，哪怕在你睡著的時候也不曾停止。

2.7 使用本書的意義

在這裡，我本來要明明白白地為內心電影之道下一個科學定義，但是，當你去電影院看一部電影，到電影開演之前，編劇並沒有現身告訴你電影的內容。既然我們信奉「展示，不要告知」，那就讓我們直接與它相遇、相識、相知吧。三個星期之後，當你帶著寫完的劇本出現在好萊塢熱門人物的聚會上，如果有人問你「什麼是內心電影之道」，你可以對他們大談特談你個人的理解。

現在你準備好了嗎？你需要的只是：

- 想寫電影劇本的願望。
- 一個想法，即使不太確定也沒關係。
- 帶上這本書。

我們出發吧！

第二部

如何著手準備？

第三章

寫什麼？

怎麼開始寫你的劇本

(A) 你起碼得知道你想寫什麼。

(B) 你起碼得知道你想怎麼寫。

這些，我們都將介紹給你。

在這21天寫作之旅起步之前，你只需要想清楚：

· 你的電影是關於什麼的。

· 你的電影人物是誰。

· 你的電影最想傳達的是什麼樣的情感。

你還需要準備：

· 你的寫作地點。

· 你的寫作時間。

· 你另一半的支持。

· 你的視覺、情感物件。

· 你的幸運襪[2]。

一部偉大的電影即將在你手中誕生！

3.1 想法從何而來？

物價飛漲，只有想法永遠廉價，似乎一枚硬幣就能買一打。真正有價值的不是想法，而是你能用想法創作出什麼劇本。

你的靈感可以源自一個人物或一個觀點，也可以是你的親身經歷或報上讀到的事件，或者是你想探究、解決的問題。

你該到哪裡去尋找故事？你的故事就來自你自己，你的內心深處。別忘了，人類的共性存在並體現於每一個個體上。

3.2 我的故事是什麼？我該怎麼說？

所謂故事，無非就是某人發生了某事，所以你只要知道人是什麼人、事是什麼事。

你也許會如此理性、縝密地陳述你的意圖：「我寫的是一則寓言，它反映了與人類靈魂與生俱來的尊嚴有關的現代人心態。」但是這類高談闊論還是留到電影成功後、媒體採訪你的時候再說吧。別言必稱人類，你寫的只是某一個人。問問自己：「如果某事發生在我的主角身上，他會怎麼做？」

3.3 第一個任務

到目前為止，關於你的電影，你知道了些什麼？

想像一下你坐在電影院裡，大銀幕上正放映著你的電影。不管你現在對這部電影想到多少，在腦海裡跑跑片子，就像回憶你的人生經歷一樣，

2　此處以及後文出現的幸運襪，都是編劇對自我的一種有利的心理暗示。比如有的人穿上幸運襪一天都會做得很好，不穿就沒有信心，諸事不利。——譯注

讓它在你的眼前飛速閃過。

你也許會看到一些瞬間、片段和令人驚訝的圖像。看，你對自己電影的了解超出了你原有的想像。

當然，你也許什麼也沒看到。沒關係，因為哪怕你沒有獲得視覺影像，你也許已經體驗到了一種感覺，我們就可以從這種感覺出發。不管你看到什麼或感悟到什麼，這「第一個任務」會幫助你明確並聚焦於最重要的問題。

3.4 我要寫什麼？

如果你還在為怎麼讓你的電影更商業化絞盡腦汁，趕緊扔掉這個思想包袱。你不必寫得很商業，不必跟職業寫手競爭，去寫《第12滴血》（*Rambo 12*）[3]，你要做的是寫出一個只有你才能寫出來的劇本。那個從你內心噴發而出的故事，就是你「最商業」的劇本。你不必成為某編劇二代，你只需要成為你自己，獨一無二的你。身為作者，真正值錢的只有——你的觀點。

3.5 我的觀點是什麼？我該如何發現它？

所謂你的觀點，就是你看待世界特有的方式，它奠基於你過去所有的經歷和你此刻對這些經歷的感受。

不同的人對同一件事可能會有截然不同的看法。舉個例子：

3　到2009年為止，好萊塢動作明星席維斯史特龍（Sylvester Stallone）打造的經典「藍波系列」只拍到第四集，這裡作者以子虛烏有的《第12滴血》戲謔地泛指好萊塢一切商業大製作。——譯注

從 1 歲開始，我和跟我同齡的蘇西就是最好的朋友。7 歲那年，蘇西的貓抓到了一隻野兔，百般折磨，直到我們插手制止。我們的鄰居威廉先生為了讓遍體鱗傷的野兔「脫離苦海」，把野兔淹死在水桶裡。

旁觀的我和蘇西事後描述這件事時，我說：「可憐的兔子與死神惡鬥後，淹沒在我們的淚水中。」蘇西說的是：「威廉先生在地下室的水槽接水時，並沒有把水桶裝滿。」

同樣的故事，卻有兩個完全不同的觀點。

電影中的呈現也一樣，沒有所謂正確或錯誤的方式，只是觀點不同而已。

你也許會問：「這年頭沒人會為我個人的觀點買單吧？」

你大可不必操心「他們」想買什麼樣的劇本，因為在找到劇本之前，連「他們」自己都不知道他們要找的是什麼。

3.6 怎麼判斷你的想法是小說、電影，或一首歌？

電影是視覺化的，通過「展示動作」和「反應動作」來說故事，需要不斷有事件發生。電影一般不會侷限在一間屋子裡，電影裡的時空可以像彈簧一樣自由伸縮。在電影中，你可以自由穿梭於過去、現在和未來。

你的故事是將人物動作和外部事件視覺化地表現出來嗎？如果是，你的故事就是一部電影。

如果你希望用深度談話探究一個觀點或人物之間的關係，那麼你的故事更適合寫成戲劇。

如果你的興趣是鑽進人物的心裡、大腦裡，去探究他的潛意識和內心感受，那麼小說更適合你，因為用小說可以隨心所欲地刻畫人物形象，描寫其內心活動。

如果你有一個概念（concept）——所謂概念就是一個足以涵蓋你想表

達的主題的清晰觀念，那麼你該嘗試寫歌。一首歌就是一部迷你電影，有開頭、中段、結尾，還有引人入勝的情節。它也講述故事，闡述觀點。很多電影的想法其實都可以濃縮成一首歌。

　　如果你決定要寫電影劇本，那麼你必須用外在的事件來展示人物內心的成長。你需要的是展示，而不是告知。

3.7 決定故事主題

　　大家一直會問一個問題：「如果……，那麼……」

　　這是一堂集體討論課。先把這一節看完，然後利用書中介紹的這個技巧，想辦法讓你的故事成形。

　　我的姪女艾美找我幫忙，她要為反酒後駕駛學生組織（SADD）寫一個公益廣告（付費的），我一口答應：「好，我們就利用開車從機場回來的這幾分鐘搞定它。」

內心電影定理：在你還沒意識到時，你的故事其實已經開始了。

維琪：你想傳達什麼樣的資訊？

艾美：不要酒後駕駛。

維琪：是針對青少年嗎？

艾美：對。

維琪：那我們就從時間和地點開始。你想在哪個地點展示？在酒桌上，在車裡，在事故現場，在救護車上，還是在葬禮上？

艾美：我不知道。

維琪：得做個決定——即使它錯了，最終也會將我們導向正確的方向。

艾美：在葬禮上。

艾美：誰的葬禮？肇事司機還是受害者？

艾美：這是幫我們學校拍的，所以我不想暗示我們的學生酗酒。嗯，是一個外人撞了我們的一個朋友。

維琪：我們再加強一下這點。如果他們是在葬禮上談論這起車禍，大家交頭接耳，議論紛紛。這並不是什麼新鮮的場景。在電影裡我們可以直接訴諸於動作，我們可以把它移前或移後。車禍的場景或者……如果他們是在醫院裡，那個男孩已經被撞死了，他的女朋友剛剛從牽引手術中醒來時，就被朋友告知男友已經死了。

艾美：好！

維琪：嗯，車裡究竟是一對情侶，還是兩個男孩或兩個女孩？

艾美：一男一女，他們是一對情侶。

維琪：讓我們再想想是誰喝了酒。你希望是一個外人撞了我們的朋友，但如果是我們的朋友自己喝酒，是不是更有震撼力？

艾美：這可能是最棘手的情形——一個女孩必須告訴她的男友他喝醉了。告訴女性朋友會相對容易一點。

維琪：有道理！那我們現在直奔主題，為什麼朋友之間阻止對方酒後駕駛會這麼困難？

艾美：但我不想寫這個。我喜歡寫醫院。

維琪：把你想要繞過去的地方記下來，有時它正是你故事中的漏洞或弱點，但是你還沒做好寫它的準備。沒關係。跳過去好了。繞來繞去之後，最終你還是得回去面對。

艾美：醫院裡，女孩醒了。

維琪：她叫什麼名字？

艾美：麗莎。還有一個男孩和兩個女孩。

維琪：他們的名字是什麼？

艾美：第一個女孩叫……

維琪：叫她艾美。你是不是已經發現她會跟你的觀點相同，所以你用自己的名字為她命名。你對她熟悉得不得了，不用再去塑造一個新人物。

艾美：另外兩個叫卡克和辛蒂。

維琪：他們的態度如何？

艾美：卡克情緒激動，辛蒂哭個不停。

人們總愛兜圈子說故事。比如，我們從風言風語的對話場景（葬禮）開始，而不是從動作（車禍）開始；我們讓次要人物（女朋友）來講述，而不是通過當事人（酒後肇事司機）來講述。

如果你真的決心要寫好你的故事，就必須往前邁一大步，讓故事靠近、再靠近它真正的源頭。為故事安排一個主角吧。

維琪：我們能再貼近故事現場一點嗎？這個故事是關於這個女朋友的嗎？如果換成那個酒醉駕駛者怎麼樣？當他醒來時，朋友們告訴他麗莎死了？

艾美：沒錯，就是這樣。葛列格醒來後只擔心他的車，他根本就不肯負責。

注意：這個故事是從哪裡開始突然有了生氣？

全心投入，用畫面一點一點地填充這個故事。當你腦中突然出現空白的時候，問自己一個問題。回答。然後繼續前進。

當艾美確信自己已經了解了這個60秒短片的主旨，我請她閉上雙眼，想像畫面，而我在一旁從1數到60。這給了她真實的節奏。她能在規定時間內表達完自己想說的一切嗎？

接下來，車行駛在高速公路上，而艾美就在車上寫出了劇本。

反酒後駕駛學生組織

艾美‧琳‧金◎著

淡入（FADE IN）：

葛列格的主觀觀點

　　△葛列格看見自己綁著繃帶、高高吊起的腿。醫院的環境。琳恩、卡克和辛蒂在病房裡。卡克悲傷地望向窗外，琳恩抓著葛列格的手，辛蒂在哭泣。當葛列格開口說話，卡克立刻從窗口奔回床邊。

　　葛列格：（虛弱地）嘿，夥伴們……究竟有多糟？我的車徹底玩完了嗎？天啊！我老爸會殺了我的！我毀了他的心頭肉。大橡樹路上的燈真的得修一修了。

剪接至（CUT TO）

葛列格和麗莎在車裡──開著音樂

　　△他們正要駛過一個路口，交通號誌突然由黃變紅。葛列格連忙從油門轉踩剎車。

回到醫院場景

　　葛列格：如果不是那燈閃個不停，就什麼事都不會發生了。

　　卡克：（憤怒地）不關燈的事，葛列格。是你，你喝醉了！

剪接至

葛列格和麗莎手牽手離開聚會

　　卡克：拜拜！

　　葛列格：（口齒不清地）再──見──

回到醫院場景

　　萬列格：如果我醉了，為什麼你們沒一個人阻止我開車？

　　△琳恩、卡克和辛蒂面面相覷，都一臉哀傷。

　　萬列格：（繼續）麗莎可不認為我喝醉了，她當時和我在一起。
你們為什麼不去問她？

剪接至

撞車
回到醫院場景

　　琳恩：萬列格……麗莎死了。

萬列格的反應鏡頭

　　播音員（旁白V.O.）：酒後駕駛人人有責。

SUPER OVER：

　　「反酒後駕駛學生組織」

完。

　　若想了解你的故事，就要不斷問自己問題，然後回答並做出決定。如
果你的決定並不合適，那就再換一個，直到真正妥當為止。

3.8 你的故事是什麼？

　　現在你能說出你的故事了嗎？我們要層層抽絲剝繭，不斷提問「如
果……那麼……」，把到目前為止你所知道的關於故事的一切都記下來。
開頭是什麼？中段是什麼？結尾是什麼？所有腦中閃過的零星念頭你都要
趕快記下來。不用太詳細，只要記個大概即可。這個階段把某個場景做得

太細緻反而容易導致總體失衡。如果某個場景中的細節在你腦中揮之不去，那就記在3×5吋的卡片上，歸入「場景細節」一類（之所以要用3×5吋的卡片，就是為了讓你無法在上頭長篇大論）。盡量使你的故事藍圖簡明清晰。抓住重點，言簡意賅。文字要有畫面感：「夜晚。風暴。沙漠。」用名詞來描述畫面，說「又大又豪華的房子」不如說「豪宅」。

現在給你8分鐘，就用這種速寫的方式來記下目前你對你的電影的所有想法和念頭。

妙極了！很振奮？你對故事的了解遠比你自己想像的多許多。

附注：如果這些你從來都沒有做過，現在就開始吧，而且要有打持久戰的準備。養兵千日用兵一時，當你真正需要用到時，就會驚喜地發現之前的準備工作絕不是白費功夫。

3.9 關於誰的故事？

現在該來見識一下你的主角了。同樣的方法：提出有關他的問題，然後回答。如果他是畢業於20世紀60年代的名校，那麼他出生於哪一年？要把他寫成戰後的孩子嗎？問問你的女主角，她是怎樣的一個人？她會跟你對話。你要傾聽她的聲音，注意她的語氣：是激動？驚恐？還是大方？冷靜？

一部電影的調子其實已經決定了它的前途。當影片的基調產生變化，整個故事都會變樣。艾迪·墨菲（Eddie Murphy）在《比佛利山超級警探》（*Beverly Hills Cop*）中的角色原本是想讓席維斯·史特龍來演的。想想如果讓史特龍來演這部電影，這部電影就整個變樣了。現在就來為你的電影挑選演員。你想讓哪個演員來演你的主角？

3.10 展示，不要告知

在業界有一條劇本戒律：不要鑽進人物的內心。我們只能看到人物的行為，而看不到他的思維。人物性格只能透過動作來表現，而且通常，實際上是絕大多數時候，人類其實是言行不一、口是心非的。很多時候我們的行動並非發自內心，而只是在表演。我們想哭的時候會大喊，當我們口中說是，其實心裡的意思是否。所以作為劇作家，我們得找到特定的表現手法來表現一個人的行動和他內心之間的矛盾，還要讓觀眾在觀影時能解讀我們真正想表達的含意，也就是所謂的潛臺詞（subtext）。潛臺詞就是隱藏在行為表面之下的真正含意。

舉例說明：在威廉・高德曼（William Goldman）的電影《虎豹小霸王》（*Butch Cassidy and The Sundance Kid*）中就有一個很棒的場景。兩個主角即將踏上黃泉路——我們明白這個事實，他們也明白，而且他們知道彼此都明白。日舞小子說了這麼一句臺詞：

> 日舞小子：下次你說去澳洲，咱們就去澳洲！

聽起來像是兩個傢伙命不久矣居然還癡人說夢地討論他們的未來，其實這是男人之間的深情告別。嘴上說的是一件事，含意卻比這深得多，威廉・高德曼是一位深諳此道的大師。

給你一個任務：從你今天的日常生活中發現潛臺詞，比如超市店員推手推車時，車輪從顧客的腳趾頭上猛地碾過，店員嘴裡的那句：「祝您今天過得開心。」去觀察、發現深層含意如何顯現，相關場景如何演繹。

3.11 現在該做什麼？

很可能直到現在為止，你的故事還是七零八落。現在來看看你的故事到底在說什麼。我說的是主題。你可能知道你的主角是個偵探，正在追捕兇手，但是他為什麼要這麼做？你又為什麼要寫這個故事？故事的主題是什麼？

我很高興你能問這些問題。

3.12 年齡如何洩露你的想法？

不管我們的人生之路如何迥異，我們在特定的年紀總會關注特定的主題。

內心電影之道把這一發現充分運用、發揚光大。你只要留意、正視自己的年齡，就得以洞悉你電影的主題。在和數以百計寫出內心電影的人士探討之後，我發現主題其實就潛藏於「人生之旅的寫照」。

年齡的主題，將會是你找到你內心電影主題的鑰匙。

3.13 你筆下的人物就是你自己

你的故事其實就是你人生的隱喻，你筆下的人物就是你自己。這並不意味著你的故事只能是一個正在寫劇本的編劇的故事，而是說你最關注的人生問題會在你的故事中出現並得到探討。

在你寫故事的時候，你會不知不覺這樣做。故事其實就是用「個性」來說明「共性」。你對你自己這個個體了解得愈清晰，你講述的那個故事也會愈有力，愈普適於大眾。

主題雖是具體而特定的，卻有無窮無盡的普及性。只要你確定了主題，你就會有力量排除一切困難，進行到底。

3.14 特定年紀 vs. 劇本的主題

　　以下提供「人生之旅」整理，幫助你找出你的人生議題，它對你要寫的故事會產生深遠的影響。

17歲開始——搖滾年代

　　我們從17歲開始。你應該體驗過那種試圖找到平衡的感覺：你一邊努力跟上成人的腳步，一邊嘗試發現自我。你的電影可能是關於初戀的——既殘酷又美妙，既傷痛又甜蜜。

　　到了19歲，你的人生主題漸漸轉向「到底什麼是最重要的」。你總是以一副疏離而直接的方式對這個世界品頭論足。你的主角可能是個態度鮮明的強勢人物。

20歲——「我特別嗎？我很特別。我不特別。」

　　20歲出頭，主題變成了「我很好，但世界很糟」。年近30，演變成「我很好，世界就那樣，但是我們該如何融入這世界？」

　　在你20多歲的時候，你是一個為了賺錢努力奮鬥的女人嗎？你買車了嗎？是不是說到車就得扯出你老爸？這確實是很多美國父女之間的聯繫所在。你的車一壞，你就會打電話給老爸，而你的車老是壞。或者你的新車是老爸幫你買的。這是一個矛盾重重的時期——你在金錢和感情之間舉棋不定：是讓一個傢伙來照顧你，還是自己照顧自己？

　　20多歲時你會樂於卸去多餘的負擔，你得做出抉擇：哪些是真正屬於你的信仰，哪些是你的長輩強加於你的，哪些是毫無必要的。當然你的自我並非固若金湯，一些事情常常會讓你的情緒波動起伏。你的電影中可能會讓這個世界終結，因為這樣你才能更加熱愛這個世界。可能有一個「訓誡」的場景，至少有個30多歲的人物會被設置得像個小丑。你想展示腐敗、高尚和墮落。你的主角頗有幾分理想主義，他會被引誘去「背叛」

自己的理想，但他還是抵制了所有誘惑，最終贏得勝利。

　　20多歲的年紀是美好的，然而你很難發現自己真正想要什麼。你真正明白自己想要什麼得等到35、36歲。

30歲──未完成的成長課題

　　30出頭，你的人生主題之一是如何處理與父母的關係。其實這是一個從十幾歲開始延續至今的未完成成長課題。彷彿就是一場對決：「你父母是什麼樣的人」vs.「你是什麼樣的人，你想成為什麼樣的人」。這場你與父母的對決是你的自我保衛之戰。你希望得到他們的認同，但又認為只有孩子才需要得到認同，而你已經不是小孩子了──你也會老、會死。在這個階段你會真的長大成熟，甚至超越自己的父母。當然你的故事中並不一定會出現一個父親或母親來現身說法，可能你會用其他一些權威人物來代替，甚至是一個大魔頭。如果你寫的是一個兇殺懸疑故事，那可能是因為你對父母的反抗情緒很強烈，而電影正是你抒發情緒的好途徑。

　　30歲是一個轉捩點，就像劇本中的第30頁一樣。不管之前你在幹什麼，都會發生徹底的改變。你踏上了一條完全不同的路，尤其是工作和愛情。突然之間，你發現了一些對你來說真正重要的東西。

　　對男人來說，最有趣的年齡段之一就是他們30出頭的幾年，他們突然迫切地想在35歲之前確認自己的男子氣概。這是你覺得必須證明自己的時期：「這（那）正是未能成功的原因」、「時間不多了」、「你必須實話實說了」。這是優秀劇本的多產時段。你有一個想法長期鬱積在心底深處，熊熊燃燒，正欲噴發而出，就像紀錄片《大傢伙》（*The Big One*）[4]那樣，但是你並不確定是否應該寫出來──或者寫另一個更「商業」的劇本。勇敢奔向你的《大傢伙》吧，否則你將在50歲的時候陷入困境，最終還是得折

4　1997年由麥可・摩爾（Michael Moore）自編自導的一部紀錄片，此片辛辣地揭示了大商業交易中不道德的行為和美國政治家的冷漠。──譯注

返回來一償未了的夙願。

你不大會去寫「去做還是去死」這樣生死關頭的主題，因為雖然你覺得你不做就會死，但事實是你不做也不會死。一旦劇本教給了你這重要的一課，你已經為你的下一個劇本定好了主題——當你不需要證明什麼的時候，你已經證明了一切。當然那會出現在你年近40的時候，一般是在37歲，你開始知道你一切都不錯的時候。

對女人來說，35到40歲是愛情主題的最佳時段，因為你正在探索與伴侶維持關係的新方式。如果你的人物是個情場失意者，那麼是時候結束這一切了，「該輪到我了」。

年近40，如果你還沒做自己想做的事，這個時候你會選擇去做，因為你希望能趕在40歲之前「美夢成真」。

40歲——盛放年華

如果你想成為自己想成為的那種人，40歲是重要的時段。這是一個評定個人價值的時段。比如，一個男人會買一艘帆船或一輛跑車來獎勵自己經濟方面的成就，男人需要「達到預定目的」。

女人40歲的主題則更關注她們自身的力量，來「鞏固已經擁有的一切」。

人生其實從40歲才真正開始，因為你終於可以鬆開勒得太久的野心韁繩了。

現在重要的已經不是你如何適應這個世界，而是你為自己創造了一個什麼樣的世界，以及你貢獻了什麼給這個世界。

近50歲——到底何時是中年？

年近50之時，主題往往也反映了你此時縈繞於心的念頭——「我已經盡力了嗎」或者「就是這樣了嗎」。

身體方面則在「我快垮了」和「我從沒覺得自己這麼年輕過」的兩極

之間搖擺。一個40多歲的作者筆下很有可能寫出一個十幾歲孩子的母親決定去參加馬拉松比賽的故事。這個故事可說涵蓋了這一時段的所有人生議題——體能、毅力、成就、希望。這個時段也容易產出和年輕情人墮入情網的愛情故事，或者掙脫羈絆的故事，比如一個行政主管離開事務纏身的公司，走向自然原始的叢林。

50歲——新的開始

到了50歲，你常常會走回自己的老路。這時會是怎樣的情形呢？

你會在思想上有一個轉變，會樂意搞點大動作，或者至少有一次異國假期。你的電影主題會轉變成更具探索性的新領域，而有些所謂的新領域其實就是你曾在人生旅途中放棄的。比如，如果你在30出頭的時候沒有寫《大傢伙》，現在你會回頭去寫。是時候改寫你的歷史，追求你真正想要的東西了。如果你是男人，你的主角可能30多歲，正經歷人生的考驗。如果你是女人，你可能正在經歷「空巢」綜合症。當你看到自己最小的孩子奔向人生嶄新的可能，同時卻眼見自己人生的可能性正在不斷減少，這種「空巢」感會無比強烈。這是你最佳的「復活時刻」，現在該輪到那個你曾錯過的自己上場了。

聽聽露絲的故事：她決定兌現外婆的債券，做些特別的事，卻不知道這事是什麼。她把能想到的100項「復活」活動列表——包括買1000朵黃玫瑰和把化油器修好。幾星期後，我收到她從加勒比寄來的明信片：我正在用外婆的債券玩潛水。愛你的露絲。

如果你是一個孩子已經長大離家的女人，最好把你熟悉的東西寫下來。別以為它一文不值，別老覺得你必須寫偵探驚悚片。

60歲——我就是我

如果你到了60歲，你的主題之一就是回憶。你歷經歲月的磨練，具備了深遠的視野。如果你覺得還沒有做過一生中真正想做的事情，這時你

會有一種急迫感：絕不能帶著遺憾入土。所以你的電影可能會關注「追尋－獲得」的主題。然而那些60多歲的作者筆下故事涉及最多的主題之一（同時也是我最青睞的主題）正是：「就是這樣了。如此而已。就這麼多了。」

70歲—— 視野

到了70歲，我們對人生的感悟更深。是時候問「人生到底是什麼」這個問題了。70多歲作者的電影主題總是以獨特高妙的視角看待「人生中什麼才真正有價值」這一命題。當然，還會探索一些關於不朽和健康的主題。

外部環境

在任何年紀我們都可能陷入感情的旋渦裡無法自拔，這也會影響我們的主題。比如，你已經50歲了，但還是可以回去安撫10歲時父親過世給你留下的內心傷痛。

如果你還對曾讓你人生脫軌的某事心懷憤懣，你的主題可能會揭示對復仇的渴望，對贖罪的冀求，或者對公正的義憤。你也許想寫一個揭露腐敗的故事。

悲痛也是一種強大的寫作動力。你寫的是一部關於你和某人之間關係的電影嗎？

性別因素

男人與女人切入主題的方式有很大差異，女人傾向透過描寫與他人的連結來實現故事的完整性，不管是：①需要找到他人來達到完整性，還是：②決定與他人分開以尋求完整性。因此女人的電影主題總是與他人有關。男人則傾向通過對自己的考驗——一個必須由他全權決定能否通過的考驗，來達到完整性。男人的考驗讓他與他的生存環境產生競爭，而女人的考驗則是讓「她對自己的感受」與「她與他人的關係」發生角力。

男人的思維是直線性的。事件A導致事件B，由此又引發了事件C。

女人的思維模式則是橫向的。比如，一個主婦可以一邊做三明治，一邊找襪子，同時還對著丈夫和孩子嘮叨。如果是一個男人週六和孩子待在家，他就會一件件地來做這些事，洗衣服，然後做午餐。了解這些對你塑造人物將大有幫助。

你的主角

咱們別再兜圈子，打開天窗說亮話吧：你的劇本主角就是你自己。對照這張年齡清單沉思片刻：你當下最主要的人生議題是什麼？你在尋求什麼？你想找到什麼？把你的渴求、你的需要和你的主角想要的、需要的聯繫起來。

如何虛構真實故事？

我們總是遮掩掉我們已知的事物，設法去了解我們尚未知曉的事物。你的電影主題其實就是你現在坐下來寫作時自己正在經歷的事情。

不管你選擇寫什麼，可以肯定的是它對你來說一定很有意義。

內心電影定理：虛構恰恰是一種講述真實的方式。

你想說的已經迫不及待地準備從你的內心湧出，之前你也許不知道為什麼要寫它，或者它對你意味著什麼，但是往下寫你就會發現其中真意。

寫作者提問

問：我們寫的劇本總是跟自己的人生有關嗎？

答：是的，你不由自主、自然而然就發生了。劇本寫作相當艱苦，如果你只是寫一個跟你一點關係都沒有、子虛烏有的虛構角色，你會覺得受的那些苦很不值得。

問：那麼我的主角常常會變成我嗎？

答：對，而且你會發現你自覺而自願地為你的主角保守祕密。其他人物形象都會比主角更清晰明瞭，因為他們是真正外在於你的。諷刺的是，男主角或者女主角反而被弱化了，這恰恰是因為他們顯然代表了你的一部分，你對他們瞭若指掌。若想突出你的主角，你只能選擇描述真相。

3.15 怎麼找到你的核心人生議題

如何才能洞悉你的核心人生議題？基於你年齡的主題，現在回答這個問題：「你在追求什麼？」

3.16 回答這些問題

你的人物形象是誰？告訴我們到目前為止你已知關於他的所有資訊。

他／她想要什麼？

他／她在追求什麼？

回到你自己。既然這個人物是根據你的形象塑造的，那麼就投入其中，把他變成你。換句話說就是：不要隱藏、偽裝他的欲望與感受。你會找到關於你故事的想法和感受，而這想法和感受會告訴你什麼是真的情感。

內心電影定理：不要寫違心虛假的東西，除非你想寫得很糟。用你的心寫作。你的心比你的腦還要睿智。

寫出這部由你演出的電影。

如果你認為自己根本沒有故事，那麼問問自己：

· 你為什麼要寫劇本？

· 什麼是我想探究的核心問題？

- 我希望觀眾對這部電影有什麼反應？
- 主角是誰？
- 他需要什麼？
- 他想要什麼？
- 我為什麼想要寫這個？
- 為什麼這個故事對我來說這麼重要？
- 為什麼我要描述這樣一個故事？
- 通過探究這個主題，我認為自己能學到什麼？

如果你能回答這些問題，那麼你已經上路了。

3.17 如何在動筆之前了解人物形象？

對你來說，怎麼習慣、怎麼順手，就怎麼來。有的人用寫20頁專題報導的方法給某個人做小傳，也就是這個人的背景故事（backstory），對於那些不以人物為主導[5]的作者來說，這是很好的法子。其實作為劇作者，最好的方法是不斷問自己關於這些人物的問題，然後找出答案。

你要知道你的人物形象是從何時何地開始活躍於你眼前的，並在你的腦海中不斷地想像他們。也許他們是以統計學數位的方式來到你的腦海中（生日、體重、有幾個孩子），或者以他們的性格類型（快活、開朗）。哪個演員適合扮演他？找到適合他的形象，再找到他穿的衣服或其他對他有意義的東西。還可以寫一個場景讓你和你的人物見面並熟絡起來。

如何以電影化的思維構思？

5　在戲劇理論中，有一種故事分類。有的故事以人物性格為主導，如《哈姆雷特》；而有一種故事，人物性格從開頭即固定，主要是以不斷出現的事件導引故事推進，如《福爾摩斯》。——譯注

即使你已經閱讀了所有寫作手冊，參加了所有寫作研習班，但你終究還是第一次寫劇本的生手。「你是生手」這一事實會導致兩個現象：①你對要做什麼毫無信心；②所有想法都在你的大腦中盤旋，讓你更加迷惑。這就像你在大腦中跳踢踏舞：你掌握了所有理論，所有舞步，但你的腳還是不聽使喚。所以把類似前提、衝突、主題這些概念統統拋到腦後，等到你改寫劇本的時候再想，現在咱們來輕鬆一下……

3.18 去看電影

因為：①你在電影方面已經是權威了，你已經看過了數以千計的電影；②電影會告訴你現在需要知道的所有事情，所以現在讓我們發揮一下你的創造意識。

找一部你真正想看的電影，記得戴上手錶。下面的內容是你要留意的：

在你走進電影院之前，先留意一下大廳裡的宣傳海報，就是外面陳列櫥窗裡的電影廣告，既有海報圖示，也有宣傳詞（logline）。宣傳詞就是一種廣告宣傳，告訴你這部電影的主要內容（比如，《神祕約會》〔*Desperately Seeking Susan*〕的「這兩人承受著如此暴虐的人生」）。一般來說，宣傳詞是在參與電影的每個人都收工回家很久之後，由廣告部門來完成，但是它卻是你對即將看到的電影的第一印象。從這些廣告大廳卡（lobby card）你想到了什麼？你在這些資訊裡發現衝突了嗎？比如，在大廳卡上一般都有幾幅劇照，這些照片的情緒與形象跟廣告宣傳的吻合嗎？盡量精準地表達你由此想到的是什麼樣的故事，再用這個廣告想一個完全不同的故事。現在想想你自己的電影。你的宣傳詞是什麼？

好了，現在你可以走進電影院了。一邊走一邊注意觀眾——都是哪些人來看這部電影？用人口統計學的概念。孩子？家庭成員？35歲以下的夫婦？這部電影是什麼類型？冒險動作片？愛情喜劇片？如果它是一部高

預算、構思巧妙的商業巨片，人們看它就是為了徹底娛樂一把，他們就會捧著大號爆米花進場[6]，不過在電影開始前就把它吃完。這都是你需要知道的資訊。這是你想寫的電影類型嗎？哪些會是走電影院看你的電影的潛在觀眾？這是一部眾星雲集、大製作的重磅影片嗎？或者你希望自己的電影是一部在小型藝術電影院放映、靠口碑相傳的電影？在電影院裡做個決定：到底哪種類型的電影更適合你去創作。在電影還沒開始之前，你已經有了一大堆關於這部電影的資訊。人們來到這兒，掏腰包，置身一片黑暗之中，眼前展現的是一個新的世界。看著銀幕：現在這塊大帆布屬於你，你想要展示什麼內容？

　　把你對你的電影所知的一切寫下來——看，你知道的還真不少。

　　現在回到你的觀察對象——這部電影吧。

淡入

　　把電影開場的時間記下來，電影中的1分鐘對應劇本裡的1頁，所以10分鐘就是10頁。電影開始後的半個小時則對應著劇本第1幕終點暨第2幕的起點（不必按碼表計時，劇本寫作是一門藝術，這些準則只是有助於你了解敘述故事的基本方法，但絕不是用來恫嚇你的心靈，不讓它說出真正要說的話）。

　　在電影的第1分鐘你就能得到很多資訊：這部電影是關於什麼的，你是否喜歡。甚至，電影一開始你就已經知道問題在哪了。它是否會像你想的那樣，它的觀點是什麼——是的，你立刻就知道了。

　　我們現在做的就是了解電影的製作，這樣你才能寫出更好的電影。你不是去當只說不做的批評家的，所以不要去評價或批評正在發生的，而是把哪些動作有效，哪些動作不怎麼管用都記下來。不斷地問自己：你知道

---

6 看商業大片，美國觀眾會先準備好一大桶爆米花，而在看文藝片時就不大會出現這種情景。——譯注

這個故事是關於什麼的嗎？我是不是該在這個場景裡展示更多？我知道這個故事是關於誰的嗎？

第1分鐘

你會看到地點、時間和氛圍（寺院、冬季、不祥的氛圍）。這是一部大製作嗎——用大遠景（large vistas）拉開序幕？或者它只是一部關於人與人關係的電影——對一個化妝師進行快照式的搖攝特寫（close-up pans of snapshots）。影片的規模、視野和感覺要在這1分鐘裡讓人一目了然。

那麼節奏呢？如詹姆士·龐德（James Bond）或印第安那·瓊斯（Indiana Jones）系列影片中那樣令人心跳加速的喧鬧狂歡？這是一個難題。兩三分鐘的狂歡確實能加速你的腎上腺素分泌，對於故事情節卻毫無助益。如果你寫的是一部犯罪電影，那在你劇本的第1頁就應該要有樁犯案發生。

在第1分鐘裡，你還可以了解電影的觀點。在柯林·伊斯威特（Clint Eastwood）的電影裡：「這是個骯髒的世界，但有人想為他人帶來安全。」所以我們看到黑暗的街道、兇惡的歹徒。恐怖片則會營造一個你相當熟悉、一眼就能認出的環境，這樣恐怖事件發生時，我們更能感受到威脅。比如，《驚魂記》（*Psycho*）中希區考克（Alfred Hitchcock）選擇讓珍妮李（Janet Leigh）在浴室裡被兇手刺死。如果這場兇殺案發生在豪華轎車裡，被嚇到的大概就只有有錢人了。

我們正獲得資訊？我們正漸漸熟悉劇中人物？主角對待他周邊環境的態度如何？電影希望我們接受的是哪種態度？如果是一部喜劇片，那麼就該有個笑話來界定整部影片幽默的特點。它有嗎？

這些都是應該在第1頁就能找到的資訊。除此之外，你還有什麼發現？看好時間，所有這些資訊都是在第1分鐘內給出的。

現在你應該明白，你的故事在第1頁就要開始，你要向我們展示地點、時間、基調。

如果是部好電影，我們還會知道它是關於誰的，這個問題的答案不必等到第3頁才揭曉。

第3頁要寫什麼？

告訴我們這部電影在接下來的兩個小時裡要探討的主題是什麼？在《唐人街》（*Chinatown*）裡，編劇羅柏·湯恩（Robert Towne）對主角傑克（Jack Gittes）說：「只要你有錢就能逃過法律的制裁。」

你能在劇本的第3頁對話裡找到一句話概括出一個核心問題嗎？之後所有場景都建立在這個問題之上。

第3頁到第10頁發生了什麼？

留意一下電影用了多長的時間抓住觀眾的眼球，從哪個場景開始所有觀眾被電影吸引——第一個笑話？倒抽第一口涼氣？有嗎？記下到底有沒有，也記下觀眾是否出現過意見分歧，以及哪一個場景讓觀眾覺得難以置信。

需要在第10頁之前知道的事

詢問自己以下問題：這個故事的主題是什麼？這個故事是關於誰的？他或她想要什麼？是什麼阻礙了他獲得自己想要的事物？我喜歡她嗎？我介意她獲得自己想要的東西嗎？我是否對接下來的情節感到訝異？

如果到了第10頁還沒交代清楚人物、事件和地點，可能就會失去觀眾了。留意觀眾是否開始有點坐不住了？

從第10頁到第30頁，我們希望在第10頁提出的挑戰基礎上再提供點新資訊。我們要知道主角在追尋什麼，還要知道是什麼妨礙他得到他想要的。

現在讓我們來留意場景。也許電影開場很漂亮，一切都不錯，但是20分鐘以後，你看到了一個場景，它並沒有推動故事向前發展。換句話

說，它既沒有給出新的資訊，也沒有出現新的人物，只是一直重複之前場景已知的東西。我們應該直接進入重點。如果你希望人物A打人物B巴掌，而不是A停下車，走進大樓，坐電梯……鏡頭應該直接切到那一巴掌。這就是運動（movement）和動作（action）的區別。如果停車對故事推進一點用處都沒有，那就刪掉。在喜劇裡，從一個場景切到另一場景常常能當作一個包袱來抖。比如在《窈窕淑男》（Tootsie）中，有個場景是經紀人告訴麥可他「永遠別想在這個城市裡找到工作」，下一個場景便切到麥可男扮女裝搖身一變為桃樂絲走來試鏡。

第1幕轉捩點

現在已經到了電影的第30分鐘，要有一個事件發生，將英雄[7]送往第2幕。這個事件是什麼？主角被迫做出何種反應？

第2幕的隱喻

看你能否找出第45頁的場景——它往往是一個帶有象徵寓意的小場景（如果是講一個女孩的成長，我們會看到泰迪熊玩具臉朝下，被扔在靠窗的座位上，旁邊則擺著化妝品）。這個場景為我們提供了一個通往結果的線索。

臨界點

注意：觀眾席發出窸窣之聲時，正是電影中的動作休憩點：臨界點（the point of no return）。它往往出現在主角更加堅定自己的追求，不惜對抗所有阻礙並接近他的目標之後。這一場景是在第60頁。而過了第60頁，

7　在歐美敘事文學傳統中，追溯到古希臘史詩時期，英雄就是主角的別稱，而現代敘事論著一般也都沿襲這一傳統，如敘事理論經典《千面英雄》。其實在西方，英雄與主角根本不可分割，如果不是英雄，似乎也不可能成為主角。——譯注

應該有個比較輕鬆的時刻,它對推進動作用處不大,卻給了觀眾得以在故事情節中喘息的機會。這也是展現主角是如何發生變化的大好機會。你能在電影中找出這個場景嗎?從這以後,主角遇到的阻礙開始逐步升級。

新發展

到第75頁,儘管主角對自己的目標矢志不渝,但是看起來他成功的機會十分渺茫。他差點就要放棄了。看看影片中是怎麼處理的。換成你,你會怎麼處理這個場景?到第90頁,一件突發事件「教育」了主角,從而讓主角比剛開場的時候多了什麼,或者有了點什麼變化(這點很重要。如果從一開始他想要的和他最後得到的完全一致,壓根兒一點變化都沒有,那其間經歷的這九九八十一難也就沒啥意義了。得讓主角從這一路的經歷中學到點什麼,改變點什麼)。他改變了嗎?如果是你,你會怎麼展示他的成長?是不是又有新的難題出現在主角面前?

高潮

第3幕的事件把賭注提高了。主角愈來愈接近他的目標,似乎已近在咫尺。但是他必須面對最後的障礙,他面對著必須放棄所有、孤注一擲地追逐目標的境地。這就構成了一個危機點,就是他擁有的一切都可能失去。由此抵達最後一刻——擁有一切或一無所有,因為他最後的動作可以改變他或贏或輸的命運。這些都發生了嗎?你毫不猶豫地站在主角那邊嗎?最後的結局讓你意想不到嗎?

結尾

剛剛發生了什麼?你的感覺如何?電影回答了它提出的核心問題嗎?你是否滿意結局?當片尾字幕出現的時候,你最大的感受是什麼?你從中學到了什麼?

希望你的觀影樂趣也增長了十倍。

附注：你最喜歡的那些電影也許並沒有上面所說的這種路標式事件和教材式結構，但它們依然深深打動了你，而且影響深遠。如果你的目標是深深打動觀眾並且深遠地影響他們——你可以做到的——但首先你得了解編劇這一行的基本技藝。你對編劇技藝愈熟稔，成功機率就愈大。

好了，現在回家吧，我們得說說你的宣傳詞了。

3.19 宣傳詞

你的宣傳詞就是把你的故事壓縮成宣傳廣告，告訴別人你的電影是關於什麼的，而且要盡可能激發人們想看這部電影的欲望。在報紙上找到電影廣告那版，看看那些電影廣告，學習它們的宣傳詞。以下摘錄了幾條：

- 《乞丐皇帝》（*Down and Out in Beverly Hills*）：一個髒乞丐遇上一個惡闊佬時會發生什麼事？
- 歌蒂韓的《小野貓吃大老虎》（*Wildcats*）：她的美夢是當高中足球隊的教練。她的噩夢是當中央高中隊的教練。
- 《錢坑》（*The Money Pit*）：獻給每位曾身陷情網或身陷債網的人。

我之所以選擇以上的宣傳詞，是因為它們在影音商店的銷售都很好。到店裡去看看大廳牆上的大廳卡（不幸的是，影音商品的包裝上並不會總是印著宣傳詞，但它們確實是很好的研究對象）。去，看看《北非諜影》（*Casablanca*），再看一遍。

創造兩個人物，提出一個問題作為宣傳詞，看看我們能否為他們編出一個故事。

她是以事業為主的職業婦女，經濟獨立，但情感匱乏。他內心堅強，卻為金錢所困。宣傳詞是：「她擁有一切卻一無所有。他一無所有卻擁有一切。他們走到一起就能得到圓滿嗎？」

看看宣傳詞是如何將你要探討的問題具體化的。

現在，為你的故事寫宣傳詞吧。

視覺道具、情感物件

現在你要送自己一個禮物。你已經知道了你的故事梗概，最起碼已經知道你想喚起的是一種什麼樣的情感了。現在你得去一趟商店，找到對你來說能代表那種情感的物件。

你嘗試過告訴別人一些可怕的經歷嗎？說到一半，又沮喪地打住：「我無法解釋。」或者：「你一定要聽嗎？」是的，非聽不可。你的工作就是喚起它們。你可以重溫那種情感，或者回到那裡，找到能準確描述這種情感的詞語。你可以做到向別人解釋它，是的，你可以的。

重溫那種情感的方法之一，就是手邊有一個能夠承載我們情感的物件。它可以是一枚幸運幣，也可以是海灘上的一塊石頭。如果是關於你祖父的故事，你也許可以在杉木箱裡找到他的帽子。

如果你敘述的是你祖母在大農場裡的往事，那麼找一個那個時代的燭臺。如果你在一個餐廳聽音樂的時候，故事浮現在你的大腦——去餐廳要個火柴盒把這首歌記下來。

找到一條感官管道，通過它能打開你的記憶，找到你要的那種感覺。也許某種顏色也能點燃你內心的火花。

你在寫你的電影的過程中，會不停地利用你的感官輔助物（助感物）喚起你想描寫的那種原始情感。

片名

為你的劇本取個名字。一個對你有幫助、行之有效的片名要能提供視覺影像（比如《*The Maltese Falcon*》〔梟巢喋血戰〕）或者有意義的地點（《*Casablanca*》〔北非諜影〕）。如果你找不出明確的意象，那就直接用動詞來當題目，或者描繪主要事件，如《*Raiders of the Lost Ark*》（法櫃奇兵）、

《*Harry and Walter Go to New York*》（妙盜神偷）。

　　你不必苦思冥想一個「完美」的片名，因為如果你有了完美的片名，你的電影反而會因此失去了新的發展空間。真正有效的片名是要作為一個有用的工具，幫助你寫出這部電影，等到你的電影完全成形後，你可以再改片名。

　　讓我們來填空：

主角的名字＿＿＿＿＿＿＿＿＿＿＿＿＿＿＿＿＿＿＿＿＿＿＿＿

他／她想要什麼＿＿＿＿＿＿＿＿＿＿＿＿＿＿＿＿＿＿＿＿＿＿

他／她需要什麼＿＿＿＿＿＿＿＿＿＿＿＿＿＿＿＿＿＿＿＿＿＿

用一個詞來表達，我的電影是關於＿＿＿＿＿＿＿＿＿＿＿＿＿＿

　　好了，關於你要寫什麼，你已經知道了你需要知道的。下一步是什麼？怎麼寫。

第四章

怎麼寫？

4.1 內容和結構

故事的人物和事件你心中都有數了，現在需要解決的是怎麼寫的問題。

想知道如何組織你的劇本嗎？9分鐘電影路標應該能幫你。它會向你展示在劇本的第1、3、10、30、45、60、75、90和120頁應該寫什麼。

4.2 9分鐘電影路標

想像一下，如果你要把10呎長的桌布掛到曬衣繩上晾乾，你在繩子的兩頭各夾一個曬衣夾，但中間120吋的一大塊面積還是鬆垮垮的。這塊大桌布又濕又重，這時還刮著風。劇作家看著開頭和結尾之間鬆垮垮的那120分鐘時的感受差不多也就是這樣子吧。所以你要做的就是用更多的曬衣夾，把它們夾在你的曬衣繩的幾個關鍵點上，這樣才能讓這塊桌布從頭到尾都平平整整。

9分鐘電影路標就相當於曬衣夾。我們用這9個點來支撐你的電影，保證它從頭到尾都能順理成章。

4.3 幕

　　首先，電影分為3幕：第1頁到第30頁是第1幕，第30頁到第90頁是第2幕，第3幕是第90頁到120頁（我們把電影分為3幕，以便更清晰地劃分開頭、中段、結尾）。第一個點是電影的第3分鐘，第1幕是故事開頭，第2幕是故事情節的展開，第3幕是結局。

　　假設這是一塊桌布，在兩端各夾上一個曬衣夾（第1吋和第120吋），然後在離兩端各30吋的地方再夾上兩個曬衣夾，現在它就被分成了3個部分：第1段30吋、第2段60吋、第3段30吋。這也就是第1幕、第2幕、第3幕。

　　但中間還是下垂的，所以我們在正中央處，離兩端皆為60吋的地方再夾上一個夾子。

　　因為中間比重大，所以在30吋與60吋之間、60吋與90吋之間還有點下垂，因此我們再在45吋和75吋處夾上兩個夾子。

　　這條特別的桌布左端有一些刺繡，足足有10吋長，所以在3吋的地方夾一個夾子，在10吋的地方再夾一個，因為這一塊如果皺了，整塊桌布就毀了。

　　你的桌布畫出來應該就是這個樣子。

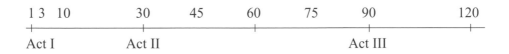

　　這就是9分鐘電影路標。對應著劇本上的第1、3、10、30、45、60、75、90、120頁，現在我們來快速複習一下，看看這幾頁上要寫些什麼。

4.4 120頁的馬拉松

你已經知道你的劇本應該有120頁，應該分成3幕：

第1幕：

從第1頁到第30頁。你通過描述人物和環境，完成了對故事的基本介紹。

在你劇本的第1頁就要開始講述你的故事，確定基調、情緒和地點。

到了第3頁，我們要知道你在這部電影裡要探討的核心問題是什麼。

到了第10頁，你得告訴我們這個故事的內容是什麼。而且要給出更多的資訊，讓我們了解主角想要什麼。

第30頁要發生一個事件，使主角進入新的領域。現在他的目標受到挑戰，他必須對這一事件做出反應。

第2幕：

從30頁到90頁。在第2幕，主角在追求目標的途中遭遇艱難險阻。

第45頁，我們看到人物開始成長了，我們還會知道從此開始我們要去哪。到了第60頁，也就是第2幕的中段部分，你的主角陷入困境，然後他再次堅定自己的信念，而且更加堅定不移地朝自己的目標前進。

到了第75頁，他似乎失去了一切——甚至有一個場景裡，主角都準備放棄了。然後有些事發生，改變了一切——一個事件給了他一個機會，讓他發現了他自己從來不曾發覺的目標，而那才是他真正需要的，之前他一直追尋其他的東西。

第3幕：

從90頁一直到結束，是對開頭提出的問題的解決。到了第120頁，觀眾終於滿意地得到你在第10頁提出的問題的答案。

4.5 劇本寫作中最自由的因素

我們的大腦認為結構就像鷹架，我們的人物要順著它攀沿而上。

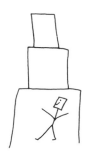

但事實不是這樣。結構即人物。

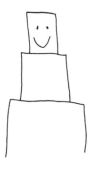

人物就是故事。劇本中事件的發生及發展，取決於人物的性格，是你的人物創造了他所處的現實世界，所以任何降臨在他身上的事件都是他自己引發的，這是他看待這個世界的方式所造成的結果。所以，你故事中的所有事件都顯現了他的內心世界。看看你的故事結構是如何作為你人物成長的編年史而存在。

4.6 讓故事在卡片上「活起來」

準備9張3×5吋的索引卡,我們來為你的電影做「9分鐘電影路標」。這9張卡片的地圖,會幫助你順利度過21天寫作之旅。

故事從第1頁開始

就是這兒,你的故事就從這裡開始。你在想:「它當然是從這裡開始的。」但是你會驚訝於電影在它真正開始前有多少放映前的介紹。想想你看過多少電影讓觀眾坐在那兒不耐煩地等著畫面快點告訴他們影片的主要內容到底是什麼。你可不想這麼幹。你想開門見山。所以第1頁我們需要看到故事的地點、時間和基調。

第一個影像很容易就構思好了。記下你想到的第一個影像。

現在在**1號卡片**上寫:

第1頁

內景。帆船。夜晚。

2號卡──在第3頁前,你必須告訴我們一些資訊:

在2號卡片寫上你在第3頁結尾要陳述的核心問題。這是你的劇本要探討和試圖回答的主要議題。

3號卡──第10頁前我們要知道所有的細節:

這是什麼樣的故事?你選擇了怎樣一個人物,用怎樣的方法來探究問題?在3號卡片寫一句對白告訴我們:是誰需要什麼?這句話應該出現在第10頁上。

4號卡──這些傢伙是誰?在第30頁你準備怎麼對付他們?

發生在第30頁的事件讓你的人物難以應付。他被迫做出反應,制定了一個計畫──發生的事情讓他決定追尋自己的目標。他制定計畫並實

施。讓我們看看第30頁的事件，他被迫反應的事件。看看他制定的計畫和他的實施情況，在4號卡片上寫下這個事件。

5號卡——第45頁要向前推進：

在第45頁讓我們看到你的主角開始成長。在5號卡片寫下關於這個場景的想法，這一場景將揭示他的成長。

6號卡——在第60頁，主角必須全力以赴追尋他的目標：

在第1幕他說他想要什麼，並在第30頁結束的時候採取行動。然後我們看到他發生了變化，環境也發生了變化，風險愈來愈大。他也許會因為這個而失去所有。這比他預想的還要困難，但是愈艱難他愈想得到。你要在6號卡片記下在故事中段主角為達到目的又增加了哪些籌碼。

7號卡——在第75頁，要寫你的主角是怎麼發生改變的：

到了第75頁，你的主角似乎失去了所有，這裡有一個主角似乎已經放棄了的場景。但是之後發生了一些事情改變了一切。一個事件讓他發現了他並不自知的一個目標。想想這個事件是什麼，把它寫在7號卡片上。

8號卡——接下來發生了什麼：

從第90頁開始就進入了結尾部分。在第8號卡片寫上問題將如何解決。

9號卡——走完全程：

9號卡片是結果。故事的結尾讓我們看到了主角如何獲得新生，給我們這個結尾。

最難的卡片恐怕是2號和7號。如果它們還很模糊、不太清晰，沒關係。如果一開始你就對一切了然於胸，也許這部分你也就不必寫了。你可以一邊寫一邊添加這部分內容。

努力前進吧。

4.7 電影寫在紙上應該是什麼樣子？

我需要知道哪些格式規範？

淡入

內景　你的房子　日景

你正準備坐到打字機旁，突然變得很緊張。

> 你
>
> 我應該寫什麼？我應該把所有的攝影機角度[8]寫上去嗎？或者把每天說的話都寫上去？

> 內心電影
>
> 第一次寫劇本的人常常會擔心劇本的形式。這可以理解。雖然你看的電影已經夠多了，但是，你還沒看過寫在紙上的電影劇本。

> 你
>
> 是的，我從沒見過。這是第一次，你知道……它看起來真的很簡單。

8　攝影機角度，是劇本中因為特殊需要，特別為攝影師備註的。——譯注

内心電影

下面這個部分叫做 2 頁圖示，上面會寫上
TAB、CAPS（大寫鍵）、剪接至、冒號。
現在就坐下開始寫。

你

你是說真的嗎？這就是我需要知道的劇本
格式？

內心電影

我保證，只要你完成這些，你會成為一個
懂得什麼是「淡入」、「剪接至」的老手。

你

我不信，這真的是讓我最擔心的事。它真
的就這麼簡單？

內心電影

內心電影將化繁為簡，化難為易，有效地
把你訓練成一個劇本專家……，一旦你了
解了形式，你就能更自由地抵達內心。它
會寫出那個在你內心上演的故事。

你長長舒了一口氣。

淡出

按下 TAB 鍵，現在就開始。

淡入

內景　你的工作區　日景

這是劇本的演出說明（stage direction），從紙張左側2吋處開始。

人物姓名
人物姓名從左側4.5吋的地方開始，下面寫
對白。對白要從距左邊界3吋的地方開始。
一行對白別太長，離紙張右邊界不少於2.5
吋。

外景　院子　日景

在這裡你要寫出我們看到的東西。如果你想要讓我們看到一個男
人，那麼就寫「富有卻憂鬱的高階管理人員」，或許是「流浪漢」。
雖然都是男人，但是你要把他們的不同之處用語言表現出來。不要
寫「離婚男人」，因為離婚這件事無法一眼看出來。但是我們可以
通過他的穿著打扮、隨身用品和他所在的地點，看出他是「公司高
階主管」。

對白和場景描述之間要空兩格。

人物姓名
（吃驚地）括弧裡的是給演員的提示，不要
過度濫用，這是寫對白的地方，對白就是你
想要演員說的話。

剪接至

如果你想要結束一個場景，轉到下一個，你就要寫上剪接至或者溶接（dissolve to），把它放在右側。

溶接

如果一張紙寫完了，人物對白還沒有講完——在句末打上一個標點，在最後一句話下面寫：（續見下頁）。然後下頁一開始，在人物姓名後面就要加上一個括弧：（接上頁）。

人物姓名
當你不能在一頁內完成對白時，就採用這
種分頁方式。
（續見下頁）
上頁尾

下頁首
人物姓名（接上頁）
這樣演員就知道這段對白還沒結束。

何時該用大寫鍵？

人物的名字第一次出現在劇本中時，在演出說明中用大寫標出，這是為了給選角指導（casting director）提醒。另外音效（sound effects）也要用大寫，這是為了提醒音效師（只有確實需要提示觀點的時候，才需要寫上攝影角度）。那些只出現在群眾鏡頭中、不用說話的跑龍套角色或道具就不用大寫提示了。如果你必須強調某個動作或某句對白，可以用劃底線表示。（大寫鍵只用於英文劇本，中文劇本則不需要——編注）

其他用法

即興表演（ad lib）：演員在表演對白時隨興發揮。

旁白／獨白（V.O.）：我們聽到的動作之外的解說。

畫外音（O.S.）：我們聽到角色說話，但他是在畫外，比如從另一個房間喊話。

片頭字幕：主要演員名單開始。

片尾字幕：主要演員名單結束。

定格鏡頭（freeze frame）：留出左側空白，而且要標注靜止時間。

歌名、書名。

4.8 一圖抵千言

內心電影定理：劇本裡沒有文字。

你的劇本裡也許有對白，有描述，但你的劇本還是沒有畫面。你不能說：「那棟廢棄的大廈孤零零地立在山頂，淒涼孤絕。」你要做的就是展示這幢房子在黑夜的風暴裡，閃電掠過。這樣我們才能領會它的陰森恐怖。

劇本寫作就是選擇一個又一個的畫面形象。貼切的畫面形象雖一言未發，卻勝過千言萬語。

4.9 2 頁短片

現在來寫個2頁短片。下面這個故事說的是斯基特·穆奇（Skeeter Mooch）先生被控二級劇本重罪[9]：過度描述攝影機運動。

讓我們一起開始，然後你可以接著寫下去。

9　作者想說斯基特犯了編劇的大忌之一，對應法庭，戲稱為二級重罪。——譯注

淡入

外景　追車　日景

一輛破舊汽車從橋上橫衝直撞駛進高速公路。警察緊追在後。

　　　　　　　　　　　　　　　　　　　　　　　　剪接至

內景　破車　日景

斯基特‧穆奇，25歲，把油門踩到底。

　　　　　　　　　　　　　　　　　　　　　　　　剪接至

外景　高速公路　日景

警員超越破車，攔下它，跑上去把斯基特先生從車裡拖出來。

　　　　　　　　　　　　　　　　　　　　　　　　剪接至

斯基特臉部特寫

斯基特（旁白）
　　我是無辜的。

攝影機拉到斯基特站在被告席，雙手被銬，面向庫珀法官。

庫珀法官
　　斯基特‧穆奇，在宣判之前，你還有什麼
　　要說的嗎？

斯基特

我該怎麼寫電話對話？

手機鈴響，庫珀法官接電話。

庫珀法官

我是庫珀法官。

通話時進行交叉剪輯（intercut）。

法官的經紀人

庫珀，我對你在福克斯公司的劇本很感興趣。

庫珀法官

現在不行，大白鯊。我正在審案⋯⋯叫你女朋友打電話給我女朋友吧。我們再一起做壽司。

庫珀法官掛了電話。

庫珀法官（接上頁）

就這樣。堅持下去，最後它會變得容易的。記住，把所有你想讓人看到的寫成描述，把所有你想讓人聽到的寫成對白。

淡出

完

這就是你需要知道的一切，不需要搞得太複雜，想要複雜，以後多的是時間。

　　附注：如果你真的必須知道劇本格式的方方面面、前因後果，可以參考《標準劇本格式完全指導》（*The Complete Guide to Standard Script Formats*）第一部分：劇本。作者是科爾（Cole）和哈格（Haag），CMC出版社出版（1980），在山繆爾・弗蘭奇劇院（Samuel French's Theatre）和電影書店可以找到，地址：加州90046（213-876-0570）好萊塢日落大道7623號。或者，最好的方法是找一個你看過的電影劇本，列印出來，聰明的你可以從中學到所有的東西。

第五章

目前你所知道的

你已經完成了9分鐘電影路標，也知道了故事的大致脈絡，第75頁和第90頁也許還很模糊，沒關係——如果到達之前已經知曉一切，可能你就不必到那裡了，還有，第120頁上的最後結局也許也依稀可見了。

現在讓我們來次彩排，你扮演一位成功的劇作家。

5.1 你的演出時間和地點

你的工作場所已經安排好了嗎？（如果還沒有，可以翻看本書第四部「面對難以克服的障礙」中的「時間和地點」。）為了檢驗你的工作區，我們到那去試坐一下。感覺好嗎？你有迴紋針可用嗎？光線充足嗎？在你寫作的時候，室內夠安靜嗎？這個時間段適合工作嗎？那時你會不會覺得睏了或者餓了？針對「在這個時間、這個地點我感覺好嗎」寫上8分鐘。

現在就動筆。

8分鐘之後，看看你寫的，在關鍵的地方畫底線。如果你的工作區需要改變，那就改變。不必委屈自己去適應，找到你真正需要的工作時間和地點。現在穿上你的幸運襪吧。

萬事俱備，有請你的電影上場。

5.2 如何讓電影在你的掌握之中

這裡說的掌握，可是名副其實的「把劇本拿在手上」。這很有意思，首先得弄到一些物件。你得先找三個黃銅曲頭釘，和121張有三環孔的乾淨列印紙。

第1頁用來寫你電影的片名。在紙的正中央打上你電影的名字。如果你還沒有片名，別慌，現在就取一個。這只是暫定片名，可以改的。事實上，最後這名字一般都會改的。記住，如果片名過於具體，而把你拘泥在某一個點上，反而不能有效地為你服務，因為你的劇本需要有伸展的空間，朝它想去的地方前進。

片名頁就是長得像下面這樣：

你的片名

編劇

（你的名字）

在第二頁首打上：

淡入

在最後一頁頁尾打上：

淡出

完

5.3 120頁成冊

現在把片名頁放在最上面，然後是淡入頁，然後是118頁空白紙，之後是淡出頁。

這就是你的電影。你已經為它搭好了舞臺，現在只要請它上去演出就行了。

在這個當口，你是不是有一種難以按捺的衝動，想挑出你鍾愛的顏色做封面、封底？如果你必須如此，那就做吧（內心電影之道貫徹始終的觀點就是尊重直覺），但最好還是把封面封底留到你的劇本結束之後再加，因為如果你現在就定下封面，它會先賦予你的劇本一些特徵，但是這些特徵也許並不適合你要講的故事。

先把片名頁放在最上面。這樣做還有另外一個原因，就是你想看到「編劇」這兩個字，還有你的名字。

現在你有了一個120頁的空白電影，我們來開始填上這些空白（隨著你在這21天裡的創作，這些空白紙會慢慢被填滿）。

把你那套9分鐘電影路標的卡片拿出來，一邊讀、一邊在腦子裡構思你的電影。

現在你又要準備想像你的電影了。這次你要一邊為劇本的120頁編上頁碼，一邊想像你的電影。最好用手寫，比打字方便。從第1頁到第120頁，寫在每頁右上角。

恭喜你！到現在為止，你已經在心裡把你的電影放映三遍了。如果你看到的只是支離破碎的影像也不要緊。不信你回顧上週在電影院看過的電影，在你的心中重播一下，情形其實跟剛才你自己的電影差不多，而且你的電影甚至都還沒寫到紙上呢。所以你已經做得很棒了。

5.4 9頁串聯

你現在要做的就是從第1頁開始，在淡入頁「淡入」兩個字的下面一行，用鉛筆寫下三個描述性的詞，來展示你電影的地點、時間和情緒（例如野馬、峽谷、黎明），三個詞就夠了，不用再多。

在第3頁的頁尾寫上那句能代表你要探討的核心問題的對白。

第3頁的這句表述沒有對或錯，只需要把它寫出來——證明它是對還是錯的任務交給剩下的劇本。

接下來，把你9張卡片上的內容都對應著抄到第10、30、45、60、75、90和120頁上。

內心劇院

現在你已經在心中把你的電影重播了好幾次。用曲頭釘裝訂你的劇本，然後把它捧在手中，從現在開始它就要一點一點地活起來了。

你的準備之充分，真讓人吃驚：故事、人物、結構、格式、幕數，甚至已經有了一個等待填滿的空白電影。還有一件事……

5.5 8分鐘「波爾卡」爛寫作[10]練習

給你一個任務。別多想，找一支鉛筆、一張紙和屋子裡的一個東西——隨心所欲地拿一個。現在圍繞這個東西寫8分鐘。這8分鐘裡你可以寫關於它的任何事情，甚至一個女妖精來敲門向你推銷吸塵器也行。另外：你可以寫得很爛——爛到極點。要求就是你要快樂地扮演一個傻瓜。準備好了嗎？出發。

---

10 波爾卡，一種捷克的民間舞蹈，節奏活潑跳躍。作者以此比喻8分鐘內以跳躍性思維的隨意亂寫。——譯注

8分鐘過了。

好，時間到。

你也許已經注意到了：

（1）這很容易。

（2）即使你一開始很抗拒，但有些事發生了，你開始感興趣了。

（3）你對那個東西的了解遠勝於你先前所想像的。

重點是：

（4）這個任務是讓你朝爛的方向寫，往壞裡寫。可是，讀讀你寫的，它並不爛。事實上，有些地方甚至很精采。在精采部分下劃線，你有沒有什麼發現？是否發現它們其實並不是關於那個東西，而是關於你自己？

從中我們可以學到：

（1）寫作並不難。

（2）寫出好文章其實很容易。妙筆偶得。

（3）必然的是——好的寫作必須是個人化的。

5.6 多項選擇

現在回答：你準備好了嗎？你想進入你的21天寫作之旅嗎？

如果你回答「是」，那麼直接進入下一章。

如果你覺得還沒有準備好，那麼翻到「面對難以克服的障礙」（見第四部），把這些障礙從你的成功之路上一一清除，再返回21天寫作之旅。

5.7 寫自由初稿之前應該知道的事

回答這張清單上的問題：

道具：我有助感器[11]嗎？什麼東西能喚起我關於這個故事的情感？

地點：我有寫作地點了嗎？

時間：我每天能安排出寫作時間來靜心寫作嗎？

形式：我寫了2頁短片了嗎？我對劇本形式有充分了解了嗎？（也就是：對白的功能是什麼？描述的功能是什麼？）

內容：我能用宣傳詞來表述我想的故事嗎（如果沒有宣傳詞，現在趕緊寫。不要想，就是趕快寫下來）？我能描述出我的故事想回答的那個問題嗎？我能用三個短句說完這個故事嗎（開頭、中段、結尾）？我能表達出寫它的目的嗎？

準備好了嗎——前進。

開始寫你的劇本。

---

11 指前文說到的視覺道具。——譯注

第六章

從「準備」過渡到「出發」

假如你上脫口秀節目推薦你的電影，你有3分鐘可以告訴我們你的電影說的是什麼。

現在就用3分鐘的時間寫：「我的電影說的是……」

很好。

在脫口秀節目中我們還會看到你電影中的1分鐘片段。現在就選出這1分鐘片段，用幾句話向我們說明一下這片段出現在電影中的什麼位置。在你的心中重播這1分鐘片段。

歡迎來到好萊塢！你已經為你明天開始寫作的影片完成了全部的行銷活動。

第三部

21天寫完你的
電影劇本

第七章

你的自由初稿：用心寫作

第1天：前10頁

準備好了嗎？

你已經模模糊糊知道了你的故事，你能用兩三句話表述它。你寫出了宣傳詞、你確定了你的主要人物和主要地點。你已經準備好了。歡迎進入自由初稿階段。

如果你已經思考了你的電影很長一段時間，可能已經想出了非常詳細的開頭。你不斷想像，甚至具體到連手勢都有了。當你坐下來以電影的方式把它寫下來的時候，卻會突然神精緊張，因為你想：「我怎麼才能讓她從桌邊走到爐邊，然後再走回來？」

看看以下這段劇本範例，是不是跟你想的差不多。

> 淡入
>
> 內景　蘇和麥克斯的廚房　早晨
>
> 　　△兩個煎蛋的大特寫（extreme close up）。
>
> 　　△鏡頭拉出：蘇，一個年輕的新婚家庭主婦正在做早餐，她穿著方格紋睡袍。現在是早上8點鐘，她上班已經遲到了。她是銀行

出納。她知道她的老闆肯定氣瘋了。她匆匆忙忙倒好果汁，還忙著做午餐的三明治，儘管她在節食。蛋煎好了。

蘇：（大聲叫麥克斯）親愛的，蛋煎好了。

△她把煎蛋盛入盤中，走向桌子，一邊喊道。

蘇：（對著著麥克斯）我放在桌上。

△麥克斯穿著方格紋睡袍走進來，走向蘇，親吻她的頸部。

蘇：你還沒穿好衣服呢。

麥克斯：（色瞇瞇地）是的，還沒有。

注意兩個問題：①有些資訊無法展現（比如她的老闆肯定瘋掉了）；②有些說明很多餘（比如她走向桌子，其實對白已經說了）。劇本是：①描述我們要看到的；②我們要聽到的。在你的故事中尋求方法，來表現我們要看到的和我們要聽到的。

下面提供一個更好的方式來寫這個場景：

內景　廚房　早晨

△蘇做著早餐。麥克斯走進來。麥克斯愛撫著蘇。

蘇：嗯。

麥克斯：嗯。

△兩人漸漸倒在地上，兩人情侶款的睡袍疊在一起。

看看這樣是不是簡單多了？卻真正達到了這個場景的目的。

學會寫主場景。所謂「高明熟練」就意味著你像房間裡的旁觀者，看著這些動作。讓導演來加入特寫，加入她的反應，以及他的手在吐司上這些動作。我最後寫的兩人的情侶款睡袍疊在一起，是暗示他們在親熱，與上面那個「色瞇瞇地」形成呼應。新婚燕爾，愛意正酣。在這個故事裡，

情侶睡袍象徵的愛情即將受到挑戰。

一旦你用簡樸的形式寫作，當一個形象躍入你的腦海，你就能一眼認出它，而它就是你故事的一個重要線索。

我們現在追求的是一種整體的感覺。就像對著一大塊黏土工作的雕塑家，要先勾勒出大輪廓，找到整體的感覺，然後才能打磨細節。如果你現在就糾結於瑣碎細節，也許你最終只能得到一塊刻著一雙漂亮眼睛的土塊。

自由初稿就是為了發現，不斷挖掘你深埋的富饒礦藏，你也許會對隨後出現的奇蹟瞠目結舌。

計畫是這樣的：寫自由初稿，好好讀一遍，找到你的電影是關於什麼的，然後改寫，把所有不該屬於你的電影的東西統統拿掉。

自由初稿的任務，就是讓你明白自己想寫的是什麼。

現在你坐在打字機旁，穿著你的幸運襪，手邊放著能幫你感知人物的物件。你對紙上應該出現的那部電影已經很熟悉了。你的大寫鍵也準備好了。如果你喜歡一筆一劃手寫，那你也準備好相應數量的手寫紙了。

速寫練習

計畫是把你腦中的形象盡可能快地傾瀉到紙上。只要你想到一個形象，就要盡快在紙上寫下來。

今天你不是在寫你的電影，而是在速寫你的自由初稿的頭 10 頁，你只要給出一種感覺，一種你已知的感覺。你根本不用思考任何東西，只需要向我們展示你感覺到的東西。

像瘋子一樣寫，把你想到的都倒出來，它不必有什麼意義，就是倒出來。就像它是一塊燒紅的炭，如果你不趕緊把它吐出來，它就會把你燒出一個大洞。

今天的寫作成果可以用你寫的頁數來衡量，飛速寫完 10 頁才算完成任務。你可以因為第一天快手速寫的卓越表現而捧回一座奧斯卡小金人了！

給自己2小時,你可以用10分鐘完成任務後去慶祝,也可以一直寫滿2個小時。

規則1和規則2

規則1:10頁紙或者2小時,選哪個都行。如果2小時之後你還無法寫滿10頁,那你就犯了規則2。

規則2:不要思考。

深呼吸。想像自己正坐在電影院裡,銀幕上放映著你的電影,把你看到的寫下來。

特別收錄:緊急援助

求助!求助!我需要更多幫助!

在你進行的過程中可能會出現一些問題。我的故事是從車裡開始嗎?或者在這之前還應該加一個在屋裡的場景?或者我該把他寫成一個有前科的罪犯?這些問題接二連三地跳出來,你得回答。它們無法阻止你,你應該做出決定,繼續前進。好的,她喜歡他,上演這個場景;如果不太對勁,那就走另一條路試試:她不喜歡他。到底哪個更能為你的故事加分?

決定的宗旨就是要有力。你在創造一個世界,出現問題也要繼續前進。你可以做出決定,然後繼續寫。別擔心它是不是最好的──這個留到以後再說。先寫出來,讓動作和故事繼續進行下去。

這些念頭也許會像海浪一波一波地向你襲來:「有了,我想到了。」、「一切都裝在我腦子裡,我只要倒出來就行了。」但是沒過一會兒:「喔,不,這太糟了。」、「我根本搞不定。」興奮、得意、恐慌、無助──在寫作過程中所有情緒都可能產生。沒關係,這些情緒都是你自己的一部分,將會拓展你作品內涵的寬度和深度。融入,徹底投入其中。

內心電影定理:唯一的風險就是你不接受它。

而且，你並不是一個人。你的人物會跟你對話，他們會告訴你：「把火點燃。」、「再深入點。」、「別走開。」看看你的對白，哪些是你的人物通過你說出來的？

「跟我說話，別光杵在那裡不動。」

你的人物形象會不斷地需要你賦予他們生機，那就賦予他們。

寫作者提問

問：我知道在第 1 頁就應該設定基調並確立人物，可是怎麼才能做到？

答：讓我來告訴你怎麼在第 1 頁完成這些任務……忘掉它，把它完全拋到腦後，你需要的是做一些決定。你的電影是關於誰的？在哪兒發生？是一個什麼樣的故事？閉上眼睛，形象會自動出現在你眼前。這就是你的第 1 頁。現在把你看到的寫下來就行了。

問：我有很多問題。我的人物應該發瘋嗎？或者開始哭泣？他是 32 歲還是 17 歲？

答：創造的過程是形成問題，然後找到答案，而答案會反過來引發更好的問題，如此循環往復。

每次你對你的劇本有什麼「不知道」的時候，就會提出一個問題。這會引發兩個結果：①立刻就能確定你不知道的是什麼；②因為你知道什麼是你不知道的，你就更可能找到答案。第一部分是關鍵。在寫作中，你要一直對你不知道的保持認知，這樣你才能創造出它。（如果我的人物不是20 歲而是 22 歲呢？那麼他即將面臨畢業。太好了，這讓他的行動更加緊迫。）

不斷問自己問題，然後快速地回答。寫作就是去做決定。（是的，他22 歲，讓我們看看他和她的關係如何。如果她比他大呢？）

問自己在這個場景裡要發生什麼。然後呢？再然後呢？快速地寫，不

用深思熟慮。這是一張引導你前往目的地的地圖。只要落筆在紙上，任何漏洞或者錯誤都很容易修補。

問：好像很不錯。但是我的腦海馬上又陷入一片空白，為什麼？

答：你應該發現你已經有了很詳細的前3頁，然後你不斷地讓它更好，琢磨它。這個練習是要告訴你：你能寫劇本，你會寫劇本。是的，你可以的。前進。記住你現在寫的是第一稿，第一稿要做的就是讓你知道你已經知道了什麼，而不是你不知道的。

問：能再說一次結構嗎？

答：在第3頁結束之前，我們需要知道你要向我們展現的是怎樣一個故事。第3頁之後你不斷展現新的資訊給我們，你一直在建構自己的故事，一直在告訴我們它是一個什麼樣的故事。我們在哪裡？主角要的是什麼？到了第10頁結束的時候，你已經清楚地表達了這是什麼故事。如果第3頁是主題，我們要去探討一個女人和比她年輕的男人之間愛情的可能，那麼第10頁就是關於這個男人和這個女人在這樣的情形下想要的一切。今天就處理這些就夠了。

如果你還沒有做速寫練習，現在就開始吧。

我做到了，萬歲！

恭喜你！你已經開始寫你的電影了，它終於從你腦海中的念頭變成了可見的實體。

我建議你先不要讀它，建議你用甜蜜的愛情或者霜淇淋好好犒賞一下自己。如果你實在忍不住要讀——去吧，但是不要做任何修改，也不要做任何評價，只是讀一遍。為自己瘋狂吧。

現在讓你的腦子盡情放鬆，劇本的事我們明天再談。

🎬 第 2 天：前 30 頁

　　我想第一天你已經堆積了足足有一噸的問題要問。沒關係，不光是你，每個人都一樣。我們只需要回答你現在的問題，其他的問題我們在下面解決。

寫作者提問

　　問：如果我已經看了前面寫的 10 頁，會怎麼樣？

　　答：沒關係。在 8 至 10 頁的某個地方要有一個所謂的「第 10 頁宣言」出現，也就是說，你必須表達清楚：你的主角要追尋的是什麼。

　　問：我應該怎麼完成電影的背景說明[12]（exposition）部分？某些事情我不得不解釋，因為我根本無法展示它。

　　答：檢查一下你是不是讓人物走進來說：「我們來到巴黎是因為我是一個頂呱呱的銷售員，我贏得了這次假期。」

　　展示，而不是告知。問問自己：「我能展示它嗎？我該怎麼展示？」

　　動作／冒險電影往往從一段驚險刺激的勁爆場面開始，然後才切到辦公室場景，在那裡安排計畫（記得《法櫃奇兵》嗎？先是動作場面，然後才是教室。詹姆士·龐德呢？先是動作，然後才是倫敦的辦公室）。如果你的人物需要安排計畫，很好，但不管是直截了當地說出計畫還是開個會，最好都在動作場面之後出現。

　　問：怎樣才能在講故事的時候不一下子透露太多資訊？

　　答：盡可能早、盡可能多地透露吧。別對我們保密，別藏著，別妄想跟觀眾耍心機，你會失去他們的。透露得太多太快還可以補救，可是如果

----

12 電影專業名詞，指影片開頭時用最少的篇幅向觀眾展示人物身分、性格、背景、歷史等故事所需的資訊。——譯注

是太少太慢往往就沒救了。

觀眾走進電影院來看你的電影，其實就是跟你達成了一個協定。他們願意了解你呈現給他們的世界，當然前提是：你也願意讓他們了解這個他們理應了解的世界。

問：我要講的是愛情故事，關於兩個人的，不是一個人。我該怎麼同時講述他們的故事？

答：故事可以關於兩個人、三個人或者一夥人，但它依然是透過某一個人講述出來的。《亂世佳人》（Gone With the Wind）是一部宏大史詩，囊括了很多人的故事。事實上，它說的是整個南方的故事，但是它依然是透過一個人——郝思佳（Scarlett O'Hara）講述的。所以問問自己：「這是誰的故事？這個故事是經由誰的觀點講述的？」

問：我的故事有很多動作。我的主角下了飛機，上了計程車，駛上高速公路，一路折騰，直到片尾演員表結束才回到家。但是當他打開門的時候，我卻無法讓他說點什麼。

答：動作和運動是兩碼事，只有當運動確實對你的故事有意義時，你才有必要展示運動。它是不是有助於建構你的故事？或者傳遞了什麼資訊？如果你讓人物開著車亂晃只是因為你的故事講不下去了，那我教你一個法子——讓你的人物老老實實坐在椅子上，好好想想他需要的和他想要的。

問：我在寫一個懸疑故事，我該怎麼設置故事線索？

答：要回答這個問題，得先回答另一個問題：你是X型性格還是Y型性格？

如果你喜歡製表、做計畫，樂於預知還未發生的事情，那麼你屬於X型。準備一疊彩色的3×5吋卡片，用來決定什麼事件引出哪個嫌犯。在第一張卡片上寫上犯案，在最後一張卡片寫上你想要的結局。你需要填充兩張卡片之間的卡片：從犯案導向結局的線索。之所以要用不同顏色的卡

片，是為了便於追蹤你帶我們進入迷宮的每條路線。然後為你的故事做出9分鐘的結構，做的時候一定要時時參看你的線索卡片。在懸疑故事裡，故事側重於犯罪事件。如果它漸漸側重於人物關係或者人物成長，那麼問問自己：「我真的想說一個懸疑故事嗎？或許一個講述人物關係的故事對我來說更重要？」如果你想說的是懸疑故事，那麼盯緊那些掩蓋或揭露罪行的事實。

或許你是Y型性格。你也許喜歡閱讀懸疑故事，想寫一個跟觀眾一起找出「是誰幹的」的故事。那麼你不用做計畫，只要有罪行和破案高手就行了。你所做的準備工作就是讓你筆下的調查者形象立體起來，然後相信他能為你揭開謎底。現在從一個「如果……那麼……」開始，讓我們看到一具屍體，你希望有什麼樣的結局，只需大致的構思就行。設定一個令人吃驚、出人意料的結果，然後看看能否僅憑你紙上出現的那些線索，就能從罪行蹣跚地走到終點——罪犯伏法。你的第一稿可以寫得很快——就用你讀完一部懸疑小說所花的時間寫完它。

你一邊解決問題一邊前進，因為你是在寫作的過程中不斷解決問題。有些線索最終會將你導向死胡同，在你改寫之前，先通讀一遍初稿，注意同一條線索你可以有三種不同的處理方法。我們將它們分為好的、更好的和最好的。從每個線索中汲取有用的元素，填充到最好的那個之中，讓它更加有力，然後刪掉其他兩個。不斷增加懸疑性和危險度，要把你自己都嚇住。讓你的人物有膽推開地下室的門。如果你能在整個故事進程中一直保持著高度興奮，那麼你一定也能讓觀眾如此。

説得夠多了——事實勝於雄辯

現在，讓我們藉由閱讀第1天的成果，來開始第2天的任務。

閱讀你第1天飛速寫作成果的方法是：

不做評價。你可以問自己任何問題，就是不能問「它好嗎？」或「它爛嗎？」。

回答這些問題：

- 這是個什麼故事？
- 這是關於誰的故事？
- 主角需要的是什麼？
- 主角想要的是什麼？
- 這是我想說的那個故事嗎？

在你昨天寫完的那些文字裡，你告訴我們故事是關於誰和關於什麼的了嗎？

你能複述一下你的宣傳詞嗎？

（如果你都可以辦到，很好，跳過下面一節，直接翻開下一頁。）

如果你不能回答這些問題，如果你沮喪、挫敗、困惑，都沒關係。不要回頭，即使你覺得你「應該」回到第1天重新開始，也別回頭。永遠向前。自由初稿的目的就是為了弄清這部電影是關於什麼的，然後繼續前進。

可是現在你都還不知道故事、宣傳詞或其他的什麼，你該怎麼辦？記得關於「你的電影是什麼？」的8分鐘練習嗎？再讀一遍，然後重新寫這8分鐘。

在那些吸引你的地方畫線，也許是只有三個詞的短句，卻是「你的電影的主要內容」的濃縮版。看看你的視覺道具，重新點燃對你的故事最初始的感覺。記住你寫自由初稿的目的就是為了要發現你的電影是關於什麼的。現在你起碼比開始的時候知道得更多，而接下來的20頁會揭示更多。

前10頁怎麼引出接下來的20頁？

從你的前10頁，我們已經知道了很多資訊，不管你想建構一個什麼樣的世界，都是以它為基礎。記住在30頁之前有個需要注意的地方，在那裡有個事件發生，迫使你的主角做出反應。

我們已經明白了這個故事的內容和人物，現在還有哪些元素是你需要讓我們知道，以便故事往前推進的？

第1幕你應該設定觀眾需要知道的所有事情（比如人物歷史、他的生活環境及和他相關的人物）。每個場景都必須展示人物、推動故事、提供資訊、建構情境，並表達你需要觀眾理解的觀點。

你已經讓我們認識人物了嗎？到目前為止我們對他的了解有多深？

我們得到了哪些資訊？

注意第3頁結尾的那句對白，是不是也表達了你寫劇本時的態度？你能把這個態度和你生活的核心問題聯繫起來嗎？如果可以，它會告訴你更多關於這個故事的資訊。

現在，怎麼讓你的主角從第10頁來到第30頁他需要出現的地方呢？方法就是和他待在一起。

每個場景都推動故事的發展，都告訴我們一些未知的資訊。對於這個人我們了解得更深：他的世界、他的觀點、他的問題。他想要什麼？他需要什麼？他的障礙是什麼？在第30頁之前還需要塑造什麼？我們還需要塑造其他的人物形象嗎？

如果你覺得迷惑，那是因為你的主角已經不在舞臺上了。把他帶回動作的中心，和他待在一起。

在心中重播你的電影。我們做個練習，讓你的大腦進入 α 波狀態[13]。看著你的視覺道具，閉上眼睛，讓眼球盡可能向上轉動，直到你的眼瞼開始跳動。現在讓你的電影上演吧，加重色彩，突顯形象，等你準備好了，就張開雙眼出發吧。

寫3個小時，跟隨你的主角，前往第30頁那「第1幕的大事件」吧。

---

13 當人的腦波降低至每秒8-13赫茲時，大腦潛意識的大門開始打開，此時大腦所處的狀態就是 α 波狀態，會比正常狀態更加感性。——譯注

🎬 第 3 天：前 30 頁至第 45 頁

你的前 10 頁告訴你怎麼寫後面的 20 頁，同樣地，你的前 30 頁現在也會告訴你後面的 30 頁。放輕鬆，沒問題的。

讀前 30 頁

看看你的主角從哪裡來，要往哪裡去。你是否已經告訴了我們目前應該知道的一切？我們是不是已經對主角有了足夠的了解，知道他可能會怎麼做？這樣他一旦成長，我們就能立刻發現他的行事跟以前有所不同。

如果你覺得還沒有完成，也別擔心。你已經做好了，只是你自己不知道而已。

現在接受你的前 30 頁。我是說真的，接受它。如果你不接受，那麼你真的是在緊要關頭給自己找麻煩。

你的轉捩點

今天你需要從第 1 幕的轉捩點寫到第一個象徵成長的場景。其間得發生點什麼。你的主角正在奔向目標的途中，或者他正對發生在他身上的某件事做出反應。在第 45 頁，你得用一個具有象徵意義的場景來展示這個動作開始對他產生了某種影響。這是個帶有總結性的場景，通常用來告訴我們：我們已經到哪裡了？我們將往何處去？

你身上曾經發生過這樣的事嗎：你有一個計畫 —— 你已經準備好了 ——然後電話鈴響了，計畫變了。你用 1 分鐘的時間把自己沉甸甸、滿溢的思路硬扳到另一個軌道上。你能清楚感受到自己體內對這一意外的強烈反應。你身體裡的分子發出緊急剎車的尖叫，然後重新排列組合，慢慢地往新的方向費力前進。想想那個時候發生在你身上的一切，這就是你的主角現在正在體驗第 1 幕轉折時的感受。

如果主角正準備到醫院去探望祖母，卻接到祖母剛剛過世的電話，他會怎麼做？一般人在這種情況下，無論如何還是會趕到醫院。不知怎的，他們需要看到那張已經空空如也的床，他們需要別人再告訴他們一遍噩耗。他們需要繼續他們的行為，才能慢慢接受這個噩耗。

記住，你這一行要幹的就是用外在的動作來揭示人物內心的感受。

所以，某些事剛剛發生在你的主角身上，現在他準備做什麼？人類的一般反應都是——當我們遇上阻礙，當形勢發生了突如其來、令人震驚的變化時，我們會拒絕承認，會憤怒，會企圖讓事情回到原來的樣子。最後，當我們準備好了，我們才會接受。透過接受現實，我們才能繼續向前。

這就是發生在第30頁到第45頁之間的事：先是震驚，然後有所反應。當我們以老方法來應對新事件時，就會陷入矛盾。我們被迫以新的方法來應對，直到我們這樣做了，我們才終於接受了這個矛盾。把這矛盾展示給我們看。

舉個生活中的例子吧。我有個朋友的丈夫離開了她，一蹶不振一段時間以後，她請我去她家幫忙搬出丈夫的東西。我們忙了一下午，其實這對她來說一點也不難，一定有別的什麼問題。當我們搬空了壁櫥，又把所有的盒子塞進去，她說：「就這樣，謝謝你。」我不打算離開——是時候了，我們已經走到了問題的邊上。她可以叫任何人來幫她塞盒子，我知道她找我一定還有什麼別的事。

我們四目相對——該是開誠布公的時刻了。轉捩點出現了。她衝進臥室，把床單從床上扯下來，跌坐在上頭，放聲痛哭。

我這才發現她平常是一個近乎潔癖的人，但是她丈夫已經離開她好幾個月了，卻竟然從丈夫走後一直沒換過床單。這些床單是他和她最後一絲的親密聯繫。現在她終於願意接受這個事實——他已經走了。

這就是她的第45頁。人生的一個成長點。她丈夫離開是在第30頁，她用15頁來拒絕承認、發洩憤怒、陷入絕望，現在她終於準備好接受事實了。

為你的人物找到這個時刻。別匆促地結束，別在搬壁櫥和塞盒子那時候就結束。找到一個外在動作來闡明內心的成長，讓我們看到一個人發生的變化。好了，這就是你的腦子現在需要知道的一切。

　　做個深呼吸，開始寫發生在第30頁到第45頁之間的事情。

　　讓我們看見你的人物的成長。

🎬 第 4 天：前 45 頁至第 60 頁

不入虎穴，焉得虎子？

> 內心電影：你好嗎？
> 你：很好。
> 內心電影：可是說真的，你好嗎？一路走到今天，你是不是覺得很難？

你有沒有這樣的感覺：

昨天一切都棒極了，你抵達了第45頁，為你的主角找到了一個富有象徵意義的成長場景。但是今天，你心裡好像有一堵牆，可是你還是堅持著。

現在怎麼辦？

這正是第45至第60頁發生在你主角身上的事，到你開始看到發生變化的時候了。

你是不是認識這種人：他因為體重超標而開始節食減肥，起初效果不錯，他真的瘦了不少，但是馬上他又開始亂吃了？

這是人類的天性之一：人類害怕改變。

內心電影定理：在改變發生之前我們努力想改變，可是一旦改變真的發生了，我們又千方百計地阻止改變。

第45至第60頁正是你的主角一隻腳踏上船，另一隻腳還留在碼頭上的尷尬時刻，而你從第45頁寫到第60頁就是要讓他把另一隻腳也從碼頭

跨上船，只有這樣他才能夠揚帆啟程。

　　你的主角的計畫在第45頁初見成效，而且也展示了成長。現在要把賭注提高。你知道的，你第一次做某事時肯定會很天真，你不知道將會遇到什麼，你需要這種最初的熱情。你的主角確定了他的目標並付出行動，為此他還多少成熟了幾分，發生了一點小變化。他需要有變化，因為現在他才真正知道自己要達成目標有多困難。如果他一開始就知道踏上的是這樣一條艱難的險途，他也許會手足無措，所以現在某程度上他已經是一個全新的人，一個已經準備好去追逐自己夢想的人。

　　現在要怎麼把這些內容分別放入你劇本的第45至第60頁？

　　在第45頁，你的主角第一次採取行動，因為直到現在為止他都只是對形勢做出反應。一旦他開始主動採取行動，那些障礙對他來說就不是懲罰，而是考驗。之前的障礙讓他更脆弱，現在只會讓他變得更堅強。讓我們看到他是如何從問題中體悟並採取新的行動的。

　　構思時要依循因果關係。一個場景的因引發了下一個場景的果，然後再作為因，引發下一個場景的果。舉個例子，在《窈窕淑男》中，經紀人對麥可說沒有人會雇用他，在下一個場景裡我們就看見他變成了桃樂絲走進面試室。一個場景引發下一個。你的每個場景是從上一個場景自然演進而來的嗎？是一個場景引發下一個場景嗎？單獨的場景也許沒什麼意義，但是把它們一個個連接起來就形成了一個完整的故事。所謂推進就是向前行進。隨著我們的行進，你的人物也會更加清晰明確。

怎麼改變行為？

　　我們看著你的人物一路歷經險阻，他必須學會在每個新場景中運用新的工具。

　　從第45頁到第60頁，障礙不斷升級，愈來愈棘手。但是障礙愈多，主角就愈機智，他已經準備好要應對每個新的挑戰。

　　他明白自己必須去承擔一切，這比他想像中還要艱巨。之前這只是一

個願望，現在他才覺得這個夢想真能實現──在黑暗的盡頭出現了一絲曙光。

征途漫漫，荊棘密布。好在他已經從發生在他身上的事情中學會了一些。他至少學會了兩件事：①他已經長大成熟，回不去從前了；②目標離他愈來愈近，而且一路上他已經取得了一些成功。對你的主角來說，沒有什麼比一些小成功更令他振奮、更能夠激勵他繼續前進了。

怎麼讓這些在你的劇本裡得到體現？第45頁是一個具象徵意義的成長場景，在那裡他算是初嘗夢想成功的滋味。到第60頁，他才全心全意投入追逐他的夢想。就像《亂世佳人》中郝思佳拿著胡蘿蔔仰望蒼穹：「上帝做證，我發誓再也不要挨餓了。」電影的後半段她都執著於這一信念。

我的敵人就是自己

到了第60頁，你的主角將把他在第3頁作為夢想陳述的目標大聲而篤定地說出來。

現在你的主角就要說出這句話：「上帝做證，我將要＿＿＿＿。」

實事求是

也許你已經發現了，你自己也正經歷著和主角一樣的事情。關於你要寫一部怎樣的電影的所有想像，現在正在經歷變化。幻想讓路給現實，這也正是現實中真正的進展之路。

你現在正在經歷的所有障礙都來自於你認為你應該去經歷的和你正在經歷的並不相符。消除這種不一致的辦法，就是每次只保留你真實的經歷。放棄去想它應該是怎樣的，這樣你才可能享受它本來的樣子。

好了，讓我們出發吧，從第45頁到第60頁。讓我們看看你的主角從第45頁的成長到第60頁的全心投入。讓我們看看他如何克服艱難險阻，愈挫愈勇。

🎬 第 5 天：前 60 頁至第 75 頁

　　跟你的人物一樣，你也全心投入、義無反顧了。你的人物已經說了：「上帝做證，我將要……」這是你的人物的信仰宣言，他將始終信奉如一。

　　現在沒有什麼能阻止他了，如果你想讓他證明自己，現在就是讓他去證明和接受考驗的時候了。儘管阻礙愈來愈多，但他終將以優異的成績通過考驗。

　　他離開原來的地方，就是為了去他想去的地方，結果卻發現自己吊在半空中。當你吊在半空中時，唯一能支持你的就是你的信仰。沒有它，你會摔得鼻青臉腫。但是現在他有信念，也有工具，你要讓他在第 45 頁至第 60 頁變得愈來愈強。

　　在第 2 幕的前半段，我們看到了阻礙風險（Stakes of Obsatacle），現在讓我們來看看議題風險（Stakes of Issue）。

什麼是阻礙風險？什麼是議題風險？

　　第 2 幕的前半部分（第 30 頁到第 60 頁），你的主角說：「我要它！我要它！」而風險來自於針對他的障礙，這些障礙好像在說：「你得不到它！你得不到它！」

　　然後到了第 60 頁，你的主角說：「我會得到它。」他說這些困難無關緊要，他會全部擺平。他義無反顧。

　　現在他開始想把夢想變為現實，當你夢想成真時，才是你必須現實地面對你的夢想的時候。

　　議題風險就是類似以下這種問題：「我真的要它嗎？」、「我放棄所有，就是為了得到這個嗎？」、「現在我站在懸崖上，而它就在眼前，它真的值得我付出這一切嗎？為什麼我看著它，卻不覺自己在這裡？」所謂議題風險就是：他該如何實際地面對他的夢想。通過問自己這些問題，他現在願

意做出改變。

差一點得償所願

在《非洲皇后》（*The African Queen*）中，凱薩琳·赫本（Katharine Hepburn）和亨佛萊·鮑嘉（Humphrey Bogart）吃盡了苦頭。結尾是這樣的：他們身陷沼澤，絞盡腦汁地想擺脫困境，最終筋疲力竭，相擁著沉沉睡去。攝影機拉出，我們看到他們離公海只有三呎遠，是的，就差一點。

完美事件

在離公海只有三呎遠的時候，我們需要放棄，因為之後會有一個事件發生——完美事件——在《非洲皇后》裡，是開始下雨了。

在第75頁之前，有一個場景是你的主角差點就放棄了他在第60頁所表達的信念。（在《非洲皇后》中，這個場景其實發生在遠遠晚於75頁的地方，但這個電影形象實在太出色了，所以我們無論如何也得舉它當例子。）

放手

夢想終於成真的一刻，態度會發生重要轉變。

內心電影定理：為了讓夢想成真，必須把它當成夢來放棄。

然後轉變發生了，怎麼發生的？

因為一個事件發生了。在《非洲皇后》裡，當他們願意跟對方一起長眠時，關鍵的轉變來臨。他們為了目標筋疲力盡地奮鬥，卻把另一個更重要的目標帶入焦點。正因為他們放棄了，才使得這一事件有機會發生並最終將夢想變成現實。

做你該做的，自然會奏效

你可以努力去做某些事，為它勉強擠出一個其實並不屬於它的空間。可是不管你如何豪情萬丈，它還是需要別的什麼，也就是需要你放手。要相信你已經做了你能做的一切，不要勉強自己做違背意願的事。

我有一個朋友總是在打電話，談生意。她打電話給我，慨嘆從來沒有人給她回過電話。也許這只是因為，除了電話，她從不在別的地方和人交流。

別再閉門造車，讓那個世界自己來找你。

從第60頁到第75頁，學習讓自己進入新的領域。做所有你能做的，然後任它去吧。

現在寫2個小時，看看你的主角會把你帶到哪裡去──甚至有可能是一個你從來沒想過自己會去的地方。

📽 第 6 天：前 75 頁至第 90 頁

（請起個大早，先讀今天內容的第一部分。）

嗨，今天你要瘋了。你恨不得自己消失。你覺得這本書簡直就是＿＿＿＿＿＿（你自己填上吧），你想揉爛它，撕碎它，把它扔得遠遠的。你沮喪，你困惑，你想放棄！

好極了，這就是今天的作業——放棄。

今天一整天什麼也不用做，也不要想你的電影。每次一想到你的電影，就重複這個：

內心電影定理：如果你要去一個你根本不知道如何去的地方，你最後一樣會到達的。

（如果這起不了什麼作用，好，就把它當一個大腦繞口令好了。因為直到現在為止，你一直專注於解決你的人物的核心問題。現在你的大腦需要從這個問題模式切換到解決模式。所以現在就出發，讓你的大腦轉個方向。）

問題解答101

如果你有一個問題，把這個問題說出來，這很簡單。但是為什麼你還有問題？原因是：你沒有敘述問題，你描述的是答案——而且你說的答案並不正確。

內心電影定理：如果你敘述答案，那你還會有問題；如果你敘述問題，你就可以輕鬆地解答。

例如：你需要找個梯子爬上天花板，你找不到梯子，所以你無法爬上天花板。

梯子就是爬上天花板這個錯誤問題引出的錯誤答案。

真正的問題是燈泡壞了。

現在列出十種跟燈泡壞了有關的行為，除了梯子之外。

就在我們無休無止地追問做某事的最有效方法的時候，往往已經錯過了最好的方法。

現在你可能會問：「解決這個問題跟第6天有什麼關係？」我很高興你能提出這個問題。到目前為止，你的主角都在努力為他的問題尋找答案。他已經敘述了他正在尋找的這個答案，卻還在尋找它。

但是他沒有找到他的答案。

是某些事找到了他。

內心電影定理：向前走，去尋找，但最終是它找到你。

現在來到你的第75頁至第90頁

一旦第75頁的事件發生，你的主角就可能抓住這個事件的機會。如果這一事件發生在你電影的開頭，可能會毀了他，但是現在他變了。記住：他思考方式的變化是通過行為的變化來體現的。這件事給了他機會去展現他的變化，因為如果他不亮出新本事，這個事件就會摧毀他。所以是這個事件讓他更加強大。

從75頁至第90頁，你的進展會很快。你的主角爬上山頂，又看到了山那面的急流。沒有什麼能阻止他，也阻礙不了他身邊的事件發生，他盡力跟上事態的發展，甚至掌控了事態的發展。他已經不是在跟激流作戰，而是能控制、支配水流。他的生命已經發生了變化，當初他萬萬沒有想到會這樣，這完全超乎他原本的期望。

比如，他並沒有期望遇到女主角，但是她幫了他大忙。如果沒有她的

幫助，一切可能都無法發生。他走上山頂是為了發現自己，走下山來的時候已經多了一個她。他遇見她，其實是因為要發現自己，而她是他達成願望的額外大禮。如果他爬上山頂是去找她，也許他下山的時候找到的卻是他自己。

看看你的劇本，在這個節骨眼上，主角得到的是不是比預期中的還要多？

這時回到自由初稿。你也許對你的第75頁至第90頁不是很滿意——這是因為你還在朝你既定的答案前進，讓它自然發展吧。別擔心你的人物磕磕絆絆、繞來繞去，沒關係，答案最終會找到他的。

前進，寫第75頁至第90頁。快速地寫完，以高漲的激情一氣寫完那一場接一場的驚險動作場面，讓它們給你驚喜，給你意外。盡可能簡單、快速地寫完。

前進吧，去見證人物的成長。

📽 第 7 天：前 90 頁至第 120 頁

> 內心電影：猜猜今天會怎樣？今天你要寫 30 頁。
>
> 你：30 頁，哦，不！

這可能是從開始以來最輕鬆的一天，你今天的寫作時間不會超過 3 小時。

這 30 頁需要的是：

你得把我們從危機帶到結局。我們需要解開所有的結。開始的一切現在都要結束。你要給故事一個答案。現在回答這些問題：

- 你的主角得到他想要的了嗎？
- 最後他必須放棄什麼來得到它？
- 結尾時的他和開始時有什麼不同？

還記得你電影的第一個場景吧——看看最後一個場景能否回應這個場景，我們將這個場景稱為首尾呼應（bookends）。如果第一個場景是戰時兩個年輕人在紛飛戰火下躲進一輛敞篷難民車並結為夫婦，這個影片講述的是他們共同生活的故事，那麼最後一個場景就是他們五十周年金婚紀念典禮——他們終於有了一個真正的婚禮。看看你是否能找到一個首尾呼應的場景，把它速記在 3×5 吋卡片上，然後從這個場景開始往回工作。

做一個表，列出你需要處理的所有要點，因為你必須解析所有的動作。把它們分別寫在 3×5 吋卡片上，不需要描述得明白無誤，只需要寫一些要點（比如「需要解救馬，發現牧場主人被槍殺」）。準備好所有需要解開的卡片，按動作發生的順序排好，從第一個事件到最後的呼應場景。

記住第3幕就是答案，所有的問題在這裡都將得到解決，要乾淨俐落。

　　現在在心中重播第3幕，應該有很多細節，很多感人場景，當然也會有顯而易見的漏洞。在這個時候這都很正常。把這些漏洞留到改寫的時候，反而更能促進你思考。

　　好了，就是這樣了。大結局。這一路你拾起的和你追逐的，現在你終於能以一種全新的角度將它們都放下了。

　　還記得看一部電影上演結局時，心底按捺不住的那種興奮和美好的感覺嗎？當狼騎終於找到失落的法櫃，打開它[14]；當亨佛萊·鮑嘉和英格麗·褒曼在《北非諜影》機場最後相見——多麼戲劇化的場景啊。為我們安排這美好的結束時刻吧。

　　準備，開始……

　　結束。

　　你做到了，它完成了！你真了不起，趕緊來慶祝一下。

　　除此之外，今天你什麼也不用做。

14《法櫃奇兵》的結尾場景。——譯注

📽 第8天：休息

恭喜你！萬歲，你已經有一份自由初稿了。好好高興一下，去吧，讓自己放鬆放鬆。

今天你休息，但並不代表沒有作業。

你如何休息，會直接影響你劇本的最終成果。

以下就是你的作業。

你是不是覺得自己的初稿糟得就像一隻小狗搞出來的？如果是這樣，先在腦海裡修改──明天你還可以改寫它。今天我們對你的要求就是放肆、大膽而瘋狂地放任自己沉溺在「你已經是一個劇作家，你已經寫完一個劇本」的喜悅中。讓人們向你道賀；帶你上餐廳大吃一頓；為自己弄個派對；好好抱一下你的小狗。

犒賞你的身體──奉上它最愛的食物，在躺椅裡恢意地睡一覺。

如果你不犒賞你的身體，就無法要求它去做艱苦的改寫工作。接下來，你和你的手之間將有一場戰鬥，而你未必能贏。所以慷慨地犒勞自己吧，這樣你的身體才會樂於跟你合作，因為這樣它就會知道在下一段工作之後將會有更大的獎賞等著它。

這經驗來自我的身體。

身體：讓我把話說清楚……你要我跟你一晚晚熬到天亮，今晚你又想要這樣搞？哦，不，寶貝，除非我們……我們先去買買東西、逛逛街。

所以你的任務就是對自己好。但是這還不夠。

挺奇怪的，這21天我們都是讓你寫劇本，只有今天這一天需要你舒展放開。因為在你開始改寫劇本之前，你必須先經歷一些變化。

首先，你得放下你的劇本。能走到現在全憑著你認定自己可以做到的

信念，你在虛空中抓住思緒，從無到有。它本來在你的腦子裡，現在它就擺在桌上，有了自己的生命。我喜歡引用喬伊絲‧梅納德（Joyce Maynard）說出生在家裡的孩子的那句話，來形容劇本的誕生：「房裡原來有三個人，儘管再也沒有人走進這扇門，現在房中的人卻變成了四個。」

在此之後，我們還需要切換感知的方式。你得肯定你的劇本誕生的價值，現在它需要的只是發展。你不必再重新給予它生命，你已經完成了這最初的第一步。超越了這第一步，你需要做的只是完成它。

你需要以另一種方式與它分離，為這些寫滿字的紙全情投入、嬉戲玩鬧、絞盡腦汁的那部分你已經重獲自由。之前我們鼓勵你聽從內心寫作，現在我們要你的大腦來改寫。之前我們問「如果……那麼」是為了拓寬和打開思路，現在我們問「如果……那麼」是為了使它清晰和明確。

注意在完成自由初稿的這整個星期裡你已經養成了一種慣性，也許是穿同一款襯衫，也許是你總是吃辣椒。看看你能否找到自己身上的這種慣性行為，這是你的潛意識運用的一種重要工具。如果你沒發現，那就仔細檢查你每天寫作之前固定的例行公事。現在我們要做的就是為你的慣性行為再增添點什麼，它能提醒你的頭腦你還在繼續寫作，但現在你的頭腦已經獲准加入自己的理解與認識。

舉我生活中的一個例子吧。寫劇本的頭一天早上我戴著我的棒球帽，所以自由初稿階段我一直戴著這頂帽子。當我進入改寫階段，我就會換上我的釀酒帽（因為釀酒帽通常是在釀酒廠裡戴的，而通常我在劇本完成時會喝一瓶香檳，由此我的頭腦也得到了一種獎勵的暗示）。

當然這個舉動對你來說也許太古怪了。找到你自己的慣性行為，然後為它添加一點有幫助的細節。

最後一個任務：當你7天後第一次從你的初稿中抬起頭來，你可能會經歷一種視差感：看慢動作時會視線模糊。你的世界已經改變了，但其他人還是一如從前。他們不知道嗎？他們看不見嗎？你試圖改變他們。其實你應該做的是稍微改變自己一下。我們在此追求的也是感知的切換——留

意那些你藉由完成初稿所得到的人生智慧。

　　基於你在劇本裡探討的核心問題，找到一種你存在於這個世界的新方式，你和人們之間的關係有什麼不同？你會重新考慮哪些情況？關於你想要的和你需要的，自由初稿教了你什麼事情？

　　回答這些問題，明天我們再重讀初稿。

◾ 第 9 天：好、壞、醜——好好讀一遍自由初稿

今天你不能做的事情有：

評價你的劇本；自問：「我是個劇作家嗎？」；哭泣。

好壞都是一個字，但你的劇本不屬於這兩者之中的任何一個，而是兩者都是。你不能問：「它好嗎？它爛嗎？」你只能問下面這些問題：

- 這個場景行嗎？
- 我在這裡想要展示什麼？
- 我們能用更好的方式展示它嗎？

你現在擁有的是一個還在創作中、尚未完成的作品。今天的日程安排就是看這裡有些什麼，還需要再加上些什麼。

如果你現在就評價你的劇本，其實是在評價你自己。你當然是個劇作家，因為你已經寫完了一份自由初稿。至於你是哪種劇作家，得等到改寫結束了才能見分曉。

你該做的是到最後為你是一個劇作家而欣喜，而不是半途就開始瞎操心。

遠離關於自我評價的任何問題，因為你現在該關注的只是完成劇本。

你已經給予它生命，現在看看這個孩子是什麼樣子。從期待轉換到參與。讓它賦予自己生命。

好了，快速、大聲地朗讀你的自由初稿。找個位子坐好。全程都如此。不要因為覺得它不忍卒讀或者完美無瑕而跳過任何一個場景。一視同仁地全都朗讀出來。你可以做一點簡單的筆記，但今天是朗讀日，不是改寫日。

馬上就唸吧。

現在該做什麼？

把你的自由初稿通讀一遍是一次很奇妙的經歷吧？

儘管我們說了不要做任何評價，但你肯定還是會有所評價。

你知道自己怎麼樣，你知道劇本裡有什麼，缺什麼，還有一些你本來很擔心的地方。可是事實上完成度很不錯。

跟你預期的不一樣，是嗎？現在馬上看看你的視覺道具，重燃最原始的念頭，然後把你原來想像的和它現在的樣子結合起來。

問問你自己：

- 我講的是我原先想說的那個故事嗎？
- 它忠於我最原始的感受嗎？

創作劇本會讓你去探究你的核心問題，直到你自己可以回答這個問題，而回答主題往往會改變主題。

假如你一開始想證明世界是邪惡的，每個人都身處險境，但是在你的人物與惡魔交戰的時候，有些事情發生了。你發現惡魔其實就在他心中。現在你的主題變成了：世界的面貌取決於你自己的創造。

現在你的任務是既堅持你最初的意象，也要允許你用探究那個意象時所學到的東西，去改變這個意象。

帶著以下問題回到你的宣傳詞：

- 這還是你想寫的那個電影嗎？
- 這是你剛完成的那個電影嗎？

在瀏覽劇本全貌之後，明天我們會聚焦到每一頁。今天只關注大局，就像是你剛剛看到它在大銀幕上演，現在有人問你觀影感想如何：

- 你知道它是關於什麼的嗎？
- 你認同這些人物嗎？
- 這個電影跟你原先想的那個主題有關嗎？

　　現在在地板上躺下，享受大地的懷抱，好好休息一下。你的脖子是不是有點僵硬？讓這一切都過去吧。你已經寫完了，現在你要做的只是改寫而已。

第八章

改寫：用腦改

第 10 天：改寫第 1 幕——第 1 頁至第 10 頁

你會愛上今天的工作，這真的很容易。如果有必要，你會變得既聰明睿智又善於分析。你會運用自己原先的優點和真正的專業頭腦。希望你能從今天的工作中得到樂趣。

超越自由初稿

如果你平時嘴裡總愛唸著什麼「戲劇性要素」、「情節連續性」或「合理性動機」，那麼今天你有用武之地了。

讓我們來說說你的劇本吧。

我知道我還沒讀過它，但這不礙事。

不過既然我們現在不是在同一個房間面對面交談，我需要問你一些問題，這樣我們才能有一個清晰的定位，才能知道你的劇本需要改寫哪些地方。

你是誰？

你的腦袋聰明嗎？你一切都聽從你的大腦嗎？你對報紙上所有資訊如

飢似渴嗎？你對世界局勢感興趣嗎？當你和朋友聚餐時，寧可談論政治而不是你的感情生活嗎？

讓我們叫你「楊」。

你是一個直覺很靈的人嗎？你總是聽從心靈的指揮嗎？你對生活的見解都來自於個人的觀察嗎？當你和朋友進餐時，你願意談論任何事嗎？你還記得當天吃的東西嗎？

讓我們叫你「殷」。

楊：你的劇本結構也許都取決於外在事件和動作。往往是懸疑、驚悚和犯罪－動作－冒險類型。你有一個強壯的主角，但是我們對他所知甚少，就像柯林·伊斯威特或杜克[15]。

殷：你寫的也許是一個內心故事。人物處於自我發現的旅程之中，主題是愛和自我成長。它從小處著手，但視角深刻。

楊：你很擅長結構，也許你對劇本的這方面很滿意，但故事總顯得平淡而冷清，所以你認為應該加入更多的動作。試試走另一條路。每次故事好像要變得平淡或者緩慢的時候，聚焦到主角個人身上，為我們設置一個寧靜的場景，讓主角能夠展現更多的自己。教你一個方法，你可以問你的人物一些個人問題。想像一下你和他一起上高中，追憶一下往事，寫一頁你們兩人之間的談話。談話和對白不一樣。在你的劇本裡他可能常常蹦出一兩句妙語，比如：「動手吧，讓我今天痛快一下。」而在你寫的談話中，讓我們看到藏在這些妙語後面的真實感受。你不必把這些談話用在劇本裡，我們只是想讓他跟你談話，這樣我們起碼能夠對他有點了解。你可以告訴我們他的感受，當然對人物來說，最好的無疑是直接向我們展示他的感受。

---

15 這裡杜克指的是西部片代表人物約翰·韋恩（John Wayne）。韋恩在 1932 年影片《拳頭正義》（*Two-fisted Law*）中飾演的人物就叫杜克。——譯注

殷：你也許很喜歡你的人物形象。你知道你有很多很棒的場景，但是你無法真正說清楚它們是關於什麼的。你不確定這到底是不是一個故事。你的劇本很長。你估計第1幕最少也要寫到第45頁，也許甚至要到第60頁。你不太確定。

我得對你說出最可怕的那個詞，我希望你坐下來聽，你必須──刪減。

一個劇本需要無數個場景來推動故事發展。在你的劇本裡每個這樣的場景起碼有三個不同版本，你要做的是，讀每個場景，然後問：「這個場景通過什麼來推動故事發展？」找到同一個目的的其他場景，然後把它們合併。你能把所有相似的場景合併成一個精采的場景，逗人捧腹，展示人物，證明你的才華，但是最重要的是推動故事向前發展。你可能會炮製出我稱之為「自我亂燉」（ego stew）的東西──就像一個湯鍋，你扔進去逗人開懷的笑話和精采的寫作片段，看似豐富，卻不適合你的劇本。

我知道這席話可能很影響你的情緒，但是一旦你明白真正的才華是簡單而不是複雜，你和你的劇本都會變好。如果你執意要讓你的主角繼續自我賣弄，博人好感，那麼結果會是他並不討人喜歡，我們甚至都想朝他扔番茄。

更個人化一點

你現在有這樣的感受嗎：你想出走。你想走出困境並改變生活境況。在開頭的幾頁，你的人物會轉到一個新部門，或者乾脆丟了飯碗，或者還有其他一些人物從蟄伏到行動的方式。你的人物的第一個動作爆發點，其實就是他潛意識裡一直希望的結果，這是結構的一個重要元素。我們需要知道你為什麼選擇讓故事在這個時刻開始？

為什麼你會從你開始的地方開始？

你的主角剛開始採取行動就陷入困境了嗎？你從來沒有弄清楚核心問

題？你曾經多次改變核心問題？那麼你在第30頁可能會遇到大麻煩。

從第1頁到第3頁，你讓人物出發，但是他卻在第10頁駐足不前，因為儘管他已經離開了他曾經待的地方，卻不知道自己該去哪裡。你的劇本開始折回去，講述他的過去，你也許還會用倒敘（flashback）的手法來表現，但這都無濟於事。你講的故事是他的背景故事，人物的歷史。他還在那裡，而不是在這裡——你告訴我們的都是他曾經在哪裡，而不是他現在要去哪裡。

我怎麼才能從那裡到這裡？

想想你的整個第1幕。你把你的主角扔在第1頁的世界裡，然後卻發現到了第10頁他撞在門上，只能回來？他是迷路了，還是在第10頁到第30頁之間打了個盹？檢查比喻。他是不是拖著多餘的包袱？或者他的錶停了？檢查對白。配角是不是在問：「馬蒂在哪裡？」

你是否有以下兩個症狀：

（1）在自由初稿中，你是不是在到達第30頁時就冷冰冰、硬邦邦地停住了？

（2）在前30頁裡，你已經寫了你所知道關於主角的一切，但直到第30頁都沒有任何事情發生。

解決方法是：

你的第30頁才是你電影真正開始的地方。現在看著它，看看這樣能不能讓第2幕瞬間活起來？

這樣一來，你感覺輕鬆多了嗎？就像按摩師將你錯位的脊柱重新對齊那樣？好極了。

現在你該怎麼處理第1頁到第30頁？保留它們。只是要加上第3頁和第10頁的宣言，這樣就能帶我們進入故事。有你不需要的背景故事場景

嗎？統統刪掉。這樣你將自如地推進故事發展。

好了，今天的工作就到這了。

聚焦放大

現在我們來改寫第1頁到第10頁。

今天你得切換模式，從用心模式切換到用腦模式。

今天之前，我們都是在紙上疾書，現在我們得把那些漏洞和裂縫補上。

再讀一遍第1頁到第10頁。

你的第1頁應該有一個比喻，這將是關於你故事主題的重大線索。

舉幾個例子：

- 一匹雄馬在狂奔，然後切到身陷囹圄的主角——這個故事是關於自由。
- 主角被自己的腳絆倒——這個故事是關於他學會掙脫既定的人生路線。
- 一輛發動不了的車，這是個關於你的人物如何從靜止到行動的故事。

找到這個比喻。你在第1頁想告訴自己什麼？瞧，你並不曾刻意為之卻渾然天成。花點時間來研究一下你最初的比喻是如何告訴你整個故事的主題的。

你的「改寫部分」應該為提出如此完美的比喻向你的「寫作部分」致敬。

現在你要做的就是搞清楚這些比喻意味著什麼。

自由初稿就像一個夢，初看似乎只是些離奇古怪的形象，但突然之間就會獲得意義。

如果你有一個突出古怪的形象顯得格格不入，那麼問問自己，它為什麼在這裡？它似乎並沒有錯。

內心電影定理：如果你不知道它為什麼對，就只能宣告它錯了。

第1頁

看看你選擇寫在第1頁的場景，我們能從中讀出一些背景故事嗎？（比如，一個披著婚紗的年輕女孩騎著摩托逃離婚禮現場。）換句話說，我們能否感覺到這個人確有其人，有他們自己的生活，而我們只是現在才加入到他們的生活中而已。你告訴我們故事的地點、事件、基調了嗎？如果它是一個喜劇，第1頁是不是就應該有個笑話？我們能品嘗出你呈現給我們的這個世界的味道嗎？我們見到你的人物了嗎？

尋找什麼？

你的第1頁是不是被細節塞得滿滿的，你捕捉到每個枝微末節，也沒有遺漏掉任何一個手勢？你是不是精雕細琢，力求完美？你是不是以此為傲？現在再看看你的第1頁。攝影機角度你也都想到了，每個人物和地點都有不少於三個的細節介紹。你的第1頁是不是差不多全是描述？可別再這樣做了，你可以選擇三個詞來代替這些密不透風的細節。

給我們一張簡圖就行了。讓我們找到那種情緒和氣氛就好。是的，選擇那些能夠帶給觀眾資訊的細節，要精簡。時尚女王香奈兒（Coco Chanel）說過：「打扮好，然後在你臨出門的時候，再取下一件珠寶。」言下之意：不需要的添一分都太多。現在檢查一下有哪些細節你可以刪減。

附注：你現在寫的是用來讀的劇本，它在被用於拍攝之前首先是用來讀的。首先得讓讀它的人感興趣——所以得用文字畫畫。（眾所周知，百分之八十的製片人只讀百分之二十的描述[16]。）

如果你很有視覺想像力或者以動作為導向，你的劇本也許會有不少揮

---

16 指劇本中你描述某人某物的文字，而劇本與小說完全相反，描述愈短愈好。——譯注

汗如雨的場景——下飛機、穿過機場、鑽進轎車、上高速公路。但是發生了什麼？運動不等於動作，如果這一切對揭示人物或故事、情緒、氣氛沒什麼幫助，所有這些視覺「噪音」也就沒有任何意義。記住，用動作取代運動。

節奏

我們說過，1頁就是1分鐘。盯著你的房間1分鐘，就會發現1分鐘真的很長，我們的眼睛能在極短的時間內快速瀏覽畫面，讀取大量資訊。一個畫面抵過千言萬語，讓我們看到畫面。

列表寫出到第1頁結束時我們知道的所有事情，最好有很多。至少要有十件用來展示觀點、地點、人物、舞臺、時間、情緒的具體事實。

如何描述你的核心問題？

你的人物不必走上講臺，直接開口陳述核心問題。沒必要讓憔悴的家庭主婦一字一句地說：「七年來，我的丈夫一直打我，我必須擺脫他，因為對我來說最渴望、最重要的就是自由。」

展示，不要告知。看看下面的例子：

內景　被洗劫一空的公寓房間　夜景
　　△丈夫出去，砰地關上門。凱顫抖著，看著自己的腫脹雙眼在金魚缸上的倒影。
　　凱：（對著魚）至少你是自由的。

這句臺詞有好幾個作用：首先它告訴了我們一個關於凱身處困境的故事，它還展示了她對自己處境的感受，她是如何應對的，她是什麼性格；另外這句臺詞也預示了這個絕望的女人——這個只能對著金魚說話的女

人——渴望自由。

你能說出第3頁和第10頁上寫了什麼嗎？告訴我們你的故事是關於誰的，是關於什麼的。

下面這句臺詞就是很好的示範：

> 如果我不能抓住那些傢伙，我就再也無法在這裡露面了。

這個場景是什麼？怎樣讓場景變得精采？

在最後、最好的時刻進入場景。一個場景不需要開頭、中段、結尾，只需要關注動作和事件。

問問自己你要展示哪些東西？你甚至可以列個表，然後讓你的想像力去提出展示這些東西的最好方式。它不必非得定拘泥於一個場景，可以是一組快切鏡頭。

一切都是為了展示你需要展示的而服務。

你也不必讓動作結束在一個場景裡，因為可以有下一個場景讓動作繼續，你只要把我們需要看到的展示給我們就好了。用因果關係來思考：因和果，這個場景是下一個場景的因，而下一個場景則是上一個場景的果。

用這些問題來檢驗你的每一個場景：

- 這個場景的目的是什麼？
- 這個場景是達到這個目的最好方式嗎？
- 我需要這個場景嗎？它能推進故事嗎？我傳達資訊了嗎？這個場景是從前一個場景演進而來的嗎？是前面一個場景引發了這個場景嗎？這個場景是前一個場景的果嗎？
- 我的故事有在發展嗎？觀眾知道得更多了嗎？
- 現在我的主角和上個場景裡有所不同嗎？

- 我知道他從哪裡來，要往哪裡去嗎？
- 這個場景是否反映出我對故事如何推進的設想？
- 我的主角是不是停下動作說：「今早我們來談談？」
- 我把太多時間浪費在動作和情感表達上了嗎？
- 我是停下一個動作，又另起爐灶創造了另一個動作嗎？或者我是通過事件一層層地疊加來讓動作發展嗎？

寫作者提問

問：我該怎麼辦？為什麼我的對白聽起來總是很表面？

答：我們希望到現在為止，你創造的場景都源自真實生活，而不是來自你記得的電影。打個比方吧，如果現在有人拿著一把槍指著你的頭，想想你自己會說什麼，而不是去回憶你看過的無數電影類似場景裡聽到的陳腔濫調。看看你的對白，它是否充分揭示了你的人物和他人之間的關係，或者只是：「嗨，喬！」、「嗨。」、「這是莎拉。」、「很高興見到你。」這樣毫無意義的客套。

問：我的劇本裡有很多描述，但就是沒什麼事件發生，我該怎麼創造出更多的動作？

答：正是因為你描述得太詳細而壓制了你的動作。不要告訴我們那些在描述裡看不到的東西。你的人物是不是說的總是比做的多？挑一個這種「嘮叨腦袋」[17]（talking heads）的場景，現在決定這個場景應該傳遞什麼資訊，試著只用動作而不是對話來完成它。現在就做。

問：我的故事其實奠基於真實發生的事件，但為什麼到了我的電影裡就像假的？

---

17 指通篇都是一個人說完，鏡頭切到另一個人說，然後再切回來說的那種電影，因為都是人物特寫接人物特寫，所以電影業內戲稱為「talking heads」，而這種寫作通常也是業內引以為戒的寫作方式。——譯注

答：那是因為你沒有將事實全盤托出。如果你有一個真實的故事，但你說出來的卻是編造的部分，我們不僅不會喜歡這個故事，還會認為它虛假。

說出你的真實，它對其他人也一樣是真實的。如果它對他人不是真實的，那只是因為你沒有將事實全盤托出。別再保留，真實正是這個故事的價值。

說了這麼多，應該足以幫助你完成前 10 頁了。今天的任務就是這樣了。我們已經告別了大全景圖階段，現在需要落實到每一頁。

今天該做什麼？

如果你還沒有從全景思維切換到具體思維，那麼在改寫第 1 頁至第 10 頁之前，你應該先出去走走。如果說在自由初稿中，我們看到的是整座森林，那麼現在我們看到的就應該是一棵一棵的樹。

開始改寫之前，還可以做點活動來釋放你的創造力：聽聽音樂，然後深呼吸，閉上眼睛，朝頭頂的方向轉動眼球，你可以感覺到眼皮在跳動。現在你處於 α 波狀態了，就是腦電波很活躍的狀態。

記住：一個藝術家應該帶我們用眼睛穿越、洞悉他的圖像。他讓我們既看到表層，又體會到深層。現在你需要用心靈將我們帶往那個你要我們體驗的世界。

去改寫第 1 頁到第 10 頁吧。

📽 第 11 天：改寫第 1 幕──第 10 頁至第 30 頁

怎麼寫一部電影？

　　來說說幾個電影寫作的基本技巧。你可能會覺得奇怪，為什麼我們之前從來沒有提過，這是因為你也許自然而然就掌握了這些技巧──你一生中看過這麼多電影，完全稱得上是一個專家。但因為你可能會在改寫的過程中用到這些技巧，讓我們把它們列出來：

（1）背景說明

　　講話既不費錢也不費力──不過在電影裡另當別論。在電影裡，太多對話會讓你付出很大的代價。

　　別讓人物來告訴我們故事，那可是你的工作。你需要展示，而不是告知。你選擇這個人物、這個地點、說這些臺詞，都是在用藝術方式向我們展示比任何單一元素都多許多的東西。

　　今天你要關注的是你劇本中的背景說明部分。每次遇到停下動作給我們一些資訊的時候，好好看看自己是怎麼做的。在這個場景中，我們還能看到什麼？從第 10 頁到第 30 頁，你的所有場景都必須一個扣一個，作用無非是給予人物資訊，創造情境。第 1 幕的作用是建構所有的新東西。到了第 30 頁，創造新世界的工作必須全部圓滿結束。所以在第 30 頁之前要完成劇本的背景說明部分──記得要展示，不要告知。

（2）對白不是談話

　　來看一句只有三個字的對白，看看它究竟能包含多少故事。這句對白就是：「快啊，劉。」

　　現在假設你是個演員，在下面每一個情境下都把這句話說一遍：劉是一隻老狗；劉是一隻小狗；劉是你在肯塔基州德比山脈的領路馬，你生還的所有希望全寄託在牠身上；劉是一個男人；一個女人；一個男孩；一個

女孩；一個想和外星人一起離開地球的人類；一個賞金勇士；一個先知；一個死在朋友懷裡的車禍罹難者。

你是否體會到對白對故事起了何等重要的作用？三個字就能說出整個故事，而你需要做的就是選擇上下文。現在看看你的對白哪些地方說得不夠好，然後重新寫過。

（3）電影裡沒有自省

我們能看到人物做了什麼，能聽到人物說了什麼，但我們看不到也聽不到他們在想什麼，除非有畫外音告訴我們他在想什麼——正如同現實生活。你唯一能夠了解的就是你自己的內心。那麼在生活中，你是如何學會讀懂別人內心的想法的？

（4）怎麼讀心？

是不是有人曾對你說過：「我沒有生氣。」

想想你是怎麼理解這句話的真實含意的。這個人真正需要什麼？想要什麼？你又是如何知道的？除了別人直接了當地告訴你之外，列出二十種你讀懂他人真實感受的方式。

（5）怎麼讀對白？

現在你已經知道了至少二十種揭示人物內心想法的方法，你可以用它們來表現你的人物。人只有以為沒有人在聽和轉換話題的時候，才會說出自己內心深處的真實想法。

舉個例子：我在某個監獄的作家研習班當顧問，有個犯人一天到晚一言不發，我問他：「傑拉德，你有什麼感覺？」突然房間裡所有人彷彿都屏住了呼吸。由此我得到關於這個團體的一個資訊：別理傑拉德。

我問他晚上一個人在自己的牢房裡努力寫他的故事時有什麼感受，他描述自己的思路如何堵塞，喘不過氣來，甚至血液一會兒凝滯不動，一會兒又突然在體內奔竄。他目光呆滯，站起身來大聲自言自語，語無倫次；他用拳頭握著鉛筆，將它一次次刺向空中。他認為自己說的是創作困境，但我意識到他描述的其實是他曾犯下的暴力罪行。

（6）故事瞬間

他跟家人共度的最後一個感恩節發生了什麼事？所有人聚在一起吃飯，看足球賽，洗碗──但這些只是表象。作為編劇，你要透過表象，看到真正發生了什麼。現在找到有故事的瞬間（比如爸爸偷偷喝酒，媽媽假裝沒看見，把果汁滴到女兒的大腿上，女兒跑到兒時的房間裡，和她二十年前的玩具泰迪熊一塊兒坐在搖椅裡），向我們展示那些真正該看的東西。

（7）用細節展現主角

也許你已經發現了，你會為你的主角保守祕密。別的人物更為清晰，因為他們外在於你，而主角的細節對你來說因為太顯而易見，反而不太清晰。去，揭露、展現它們，要說實話。

寫作者提問

問：我寫的是一齣鬧劇，需要設定12位主要人物，我該怎麼做？

答：鬧劇比較特殊，因為從第1幕故事建構到第2幕的第一個高潮，中間過渡得很緊密。想像自己是一個穿著滑稽演出服的專業雜耍藝人，用視覺噱頭完成人物設定。因為鬧劇靠的正是打破常規邏輯，你可以在同一個視覺場景裡安排幾個人物和情境。看看你的前20頁，同一個場景你可能寫了三種版本。現在將三個版本合而為一。濃縮。你也許只保留三分之一的笑話，但有趣指數卻是從前的三倍。

問：我的人物都說太多話了，沒有動作，不是因為我認為動作就該告知而不是展示，我只是不知道應該給他們什麼動作。

答：如果所有人都高談闊論而沒有什麼舉動，這個故事可能只跟某個話題有關，而不是關於身處這一情景的某個男人和女人的故事。馬上讓它個人化，如果他們是在餐廳裡談話，就讓他們說：「人們沒有感情，因為他們害怕親密。」他們現在談論的是他們自己了。把動作扔給他們，讓他們接手：侍者開小差把火苗滅到賈姬身上，傑克抓著賈姬幫她滅火，她的襯衫在他手中被撕成碎片。現在看看他們怎樣應對這樣的親密時刻。

如果你發現你自己正寫著一些崇高縹緲的言論，回去描繪一下你的主角是如何被他的世界影響的。身為電影編劇，你不是來拯救世界的，世界挺好的，你的使命只是為生活交響曲貢獻你的一段清晰樂章，而這已經足矣。

好了，來改寫吧

看著你的第10頁到第30頁，你展示了我們需要知道的每件事嗎？主角出現在大多數場景裡嗎？我們有機會明白他的問題是什麼嗎？他的問題是什麼？

一個場景疊加在一個場景之上，層層遞進，愈來愈強，這很重要。看看你的場景，如果有相似的就合併，讓故事迅速向前發展。注意場景的節奏是否快速？場景與場景之間有留出足夠的時間讓你處理該處理的一切嗎？或者你給資訊的速度太慢——直到第30頁他和她在地鐵裡碰面，我們才對他和她略有所知。不管節奏如何，它是不是正漸漸向頂點推進？它是你想要的那樣子嗎？

第10頁到第30頁的性質是這樣的：

想想你是怎麼碰到某人並與他成為朋友的。

你向他自我介紹，你對他的第一印象，你對他有了大概的了解。你們簡單交談，知道了一些他的愛好。你對他了解不多，但你起碼知道一件事，那就是你喜歡他。這就是第1頁至第10頁的友誼。

第10頁至第30頁可能是你們倆在一起，你對他加深了了解。友誼在開始階段往往是躲躲閃閃的。你們打電話給對方，又好像總是對不上時間，當你建議去他家找他時，他也許會覺得唐突，把電話掛掉，而你不知道為什麼會這樣。之後你真正了解他了，來到他家，才知道他之前只是不好意思，因為他的家簡直就是個垃圾場。你發現隨著了解的加深，你對他的印象也在發生變化。以前你對他感興趣是因為不了解他，但現在你對他感興趣卻是因為了解。

這就是你的第1幕——友誼。讓我們去了解你的人物，讓我們成為他的朋友。

📽 第 12 天：改寫第 2 幕——第 30 頁至第 45 頁

你有過這樣的經驗嗎？

你為一次旅行興奮不已，做了好幾個星期的周詳計畫，你知道它肯定是一次完美的旅行，因為你已經把每個細節都想像了一遍。

旅行的日子真的到了。你的鬧鐘沒響，你醒來衝出門又忘了戴上你的滑雪鏡——你本來都想好了，就戴著它站在山巔，讓高山的光芒告訴你生命的答案。

你終於趕到了機場，預定的座位被搶走了。你登上飛機，得到一個中間的位子。你日思夜想的夢幻之旅，就從一路恨不得殺死一直擠著你的那個鄰座肥佬開始了。

生活就是這樣。

計畫永遠趕不上變化。如果你努力想讓現實完全符合你的計畫，最終的結果必然是挫敗和沮喪。不要妄自想像，最好順應現實。

這也是你今天要做的事。不要竭力讓故事成為你想要的樣子，而不去看它現在是什麼樣子。你應該看看你現在已經得到了什麼樣的故事，從這裡出發。這樣整個故事就會往前朝一個新方向發展，而不是退回到原先的老路上。

看看你的主角，他也是由期望變成參與嗎？他是不是死抱著原有的計畫，而對正在發生的事情置若罔聞？他是否看到了真正發生在他身邊的事情？他能把這些新狀況納入他的計畫嗎？

再次斟酌宣傳詞

他得到的是他想要的嗎？通過自由初稿，你發現故事比你起初想的多了點什麼？

你的宣傳詞符合你已經改變的信念嗎？如果你已經改變了想法，那麼也改變你的宣傳詞吧。沒關係的，調整你的宣傳詞，讓它和你的步調一致。

初始的成長場景[18]應該出現在第45頁左右，它為故事的走向提供了很好的線索。

讓我們在這裡花點時間聊聊當初你是怎麼想到你的故事的。

你一開始準備寫的時候，是不是不只有一個故事，而是有三個？你是不是先跟著一個走，馬上又對第二個產生興趣，然後第三個又突然後來居上，全盤接管，成為你現在的故事？

好了，別擔心——它們都是同一個故事，儘管一個可能發生在十七世紀，一個可能是關於有毒廢棄物，但它們都是一樣的故事。這些看起來完全不同的故事，反映了你的潛意識在很多可能的故事想法中試圖找到一個最好的比喻，來探討你當下生活中的議題。就像地圖上很多不同的路線最終通往同一個終點，你可以有不同的選擇，但殊途同歸。所以你的故事主題始終不變，儘管寫作路徑會發生變化。

在你斟酌宣傳詞的同時，也想想另外那些你沒訴諸筆端的故事，看看它們是不是想講述同一個故事，這樣你就會更加明白你想講的這個故事到底是什麼。

如果你的其中一個故事裡有個十幾歲的主角，另一個故事裡的主角是45歲，這兩個故事其實只是從兩個不同的角度來敘述相同的經歷罷了。你的潛意識找出你的故事，還為你探測出可能解決這一問題的年齡範圍。你的故事一般都是關於你的生活面臨了什麼問題，以及你是如何解決的。

舉個例子，38歲的你剛剛經歷了婚姻的失敗，而你不知道什麼地方出了問題。你也許就會寫一個故事：主角或許是19歲新婚燕爾，或者是50歲剛剛喪偶。

---

18 主角的成長是一個過程，而在第45頁主角開始有了真正的成長，所以稱為「初始的成長場景」。——譯注

你也許是想探討你對未來婚姻的不確定：「我應該再次相信婚姻嗎？或者我該嘗試一個人生活？」

在兩個故事中，19歲新婚的那個和50歲喪偶的那個都將回答你的問題。有個定律：當你在哪裡卡住了，可以試試將你的主角設定成你自己的年紀，這樣會讓你對這件事的想法更為清晰。當一個人物對你說出那些你不可能說出的話時，真的是棒極了。

問：你也許會問：「如果主角是我，為什麼我對其他任何人物的了解都超過我對主角的了解？」

答：難道你有時不是了解其他人超過了解你自己嗎？這就是觀點的問題。看到別人身上的問題、指點迷津，總是比較容易。

對人來說，真正搞懂自己是很困難的，你要做的就是誠實，不要隱瞞，堅持說真話。

配角不是別人，而是主角的另一面

所有人物都是你的某一面，即使你創造了一組三角人物關係，也只有一個主角，其他兩個則代表了主角的另一極。也許一個代表了你想要放棄的，另一個代表了你想要得到的。當你把所有的人物都看做是主角的其他面，他們就不會越權或讓你偏離軌道。

讓你的主角從配角那裡重新奪回自己的力量。如果你的主角還在等著其他人發揮奇思妙想，現在該是讓他主動行動而不是被動反應的時候了。

重讀第3天

現在讀你的第30頁到第45頁。

你已經有了從第30頁事件發生到第45頁初始成長所需的一切嗎？

你有一個場景是她跑出去把門砰地關上嗎？你有一個場景是他面對一個新的形勢，卻還是以舊的那一套應對嗎？你有一個場景是主角對發生在

他身上的事件做出反應嗎？

以上說的這些場景都很好地運用了第2幕的結尾。第45頁的場景是以象徵手法展示成長，也會教你很多事。你將看到你的劇本開始有了自己的生命。

事實上，第45頁很可能跟你開始計畫的有點不同，在你的第45頁甚至都找不到初始成長的場景。先找到那句你的人物要你跟上的對白吧。找到它的那一刻，你也重新掌控了你的劇本。

從這一點開始，你和你的人物變成了兩個不同卻能互助的人。身為作者，你必須明白你的人物的每個行為和每句話，這樣你才能判斷這個動作是否最符合他的利益。

舉例說明：我有個客戶寫的是懸疑驚悚片，劇本的問題是偵探太聰明了，電影還沒結束，他就已經解開了所有謎團。會發生這個問題，是因為作者是如此認同他的人物，並且希望他舉世聞名。作為作者你可以舉世聞名，但是請放開你的人物，讓他在途中不斷學習吧。如果他聰明到打從一開頭就知道結尾，那故事也就不存在了。所以你得掌控你的主角，允許他去學習，讓他在故事餘下的部分裡一步步地發現。

第45頁可能也是你初始成長的時刻。從這個時刻開始，你將停止對劇本做出反應，為了讓劇本變得更好，你開始做出主動的決定。

我並不想

你今天也許會體驗到一種牴觸情緒：你想出去玩。

這很正常。這些感覺會對你完成第30頁到第45頁起作用，因為劇本中的主角這時也體驗著跟你一樣的感覺。

如果你和你的人物沒有成長，也不用擔心。我真正擔心的倒是：這裡不僅初始成長已經完成，還有一個巨大變化正在發生。

好了，把你的第30頁到第45頁再讀一遍，看看能否傳遞你想要傳遞的意思。不斷地讀，直到明白在第30頁到第45頁之間你到底完成了哪些

東西。你展示了你主角的拒絕、否認和牴觸嗎？他最終能以新眼光審視舊方法，並改變他的行為嗎？把你主角的情緒和他的成長更加明確清晰地表達出來。

拿掉那些不屬於你電影的東西，讓你的主角前進。主角可以抗拒，可以牴觸，但是必須永遠向前。

好極了，你真的已經走在自己的路上了。

▣ 第 13 天：改寫第 2 幕——第 45 頁至第 60 頁

重述要點

　　到第45頁，你的主角已經對第30頁發生的事件做出了反應，他已經不一樣了，而我們通過一個富有象徵意義的場景，也開始發現他的變化。也是在第45頁，我們看到你的人物在第10頁表達的那個原始欲望也開始有了眉目，他正想方設法實現它。

　　你記得那個叫《小火車做到了》（*The Little Engine That Could*）的兒童故事嗎？小小火車頭一個勁兒地說「我想我可以，我想我可以」，一路「突突突突」衝上陡峭的山頂。第45頁到第60頁應該提供同樣漸次增強的遞進。你的人物正在通往山頂的路上，讓他到達山頂。

故事溜走時採取的應對措施

- 哪些是你的主角在自由初稿中不知道，而現在知道的事？
- 通過自由初稿，你現在知道哪些東西可能會改變你的場景？
- 刪除重複場景。
- 通過展示動作代替告知對白。

　　如果你看到一句對白告訴你「我不知道要做什麼」，改成「我知道怎麼做了」。如果你看到一些討論的臺詞：「我們是不是該包圍房子？」把它直接換成人物圍住房子的動作。你的主角可能會害怕，沒關係，他依舊會採取行動。他對所有外部環境做出反應，而不是迴避。

　　從第45頁開始，你的主角已經在接近一個從此再也不能回頭的臨界點，這個點就在第60頁。所以在第45頁和第60頁之間，他也許會回頭看看以往的生活是否還在——然後他發現已經不在了。從第45頁到第60頁，

他似乎活在一片空虛之中。他放棄了以前的生活，但是還沒找到他以後的生活，他懸在兩者之間。不得其所是件很痛苦的事，所以也許你應該試著讓他回到他熟悉的一切，這樣他才能明白他當初為什麼要離開。

看看你是否有這樣的場景。問問你自己把這樣的場景放在第2幕是不是合理。你今天陷入困境，也許是因為「回家」的場景事實上屬於第1幕，也就是他離家之前。看看你能否找到動作究竟是在哪一點停止不前，而動作停止的原因是因為你正往回走。如果你真的想要一個「回家」場景，那就必須改寫它，要用這個回家的場景來展示你的人物與第1幕的時候有何不同。

內心電影定理：只有往回走才知道怎麼向前行。

在第60頁，他跳離過去卻不得落地，懸在半空中。至此，他應該超越他過去的生活，進入一種新生活了。

危險

在過去的電影裡，能嚇住我們的危險好像只有嗎啡或者蘇聯人，或者更近一點的電影，裡面的危險來自政治。

但是看看你自己，這些真的能威脅到你的日常生活嗎？

真正的危險，也是最有趣的危險，是我們與自己搏鬥。生與死、愛與背叛、成功與失敗、所有的冒險與失落。是出人頭地，還是無名小卒。當一個人擁有一切或想成為一切的時候，風險也就存在了。這時便能製造出一種強烈的危險感。

你可以為你的主角找一個外在敵人去追蹤、戰鬥，但真正的勝利還是他內心的成功。

即使神勇機智如龐德，他追逐、挫敗最強而有力的敵人，我們看到的還是一齣關於內心的戲劇——這個男人即使面對看似不可戰勝的困難，也

不會轉身說：「忘掉它吧，我可不想死在這個任務上。」他之所以是主角，是因為他從不怯步。去吧，創造一個外在的敵人，但真正的故事依然是內心的成長。

看看現在你在哪裡設置了外在危險，拿走外在危險，把它放進主角的內心，看看他真正對抗的是什麼，是他內心的什麼嗎？每當你的故事迷路了，去找你的人物，把他放回到銀幕上的主要動作中。

怎麼填補黑洞？

症狀：你身陷第2幕的某處泥沼，你已經迷路了。你有12個場景都是為了尋找故事。你的主角也不見了，你不知道他去了哪裡。在好多場景裡你居然跟隨配角去了非洲桑吉巴。

把故事還給主角。

反派不是主角，別讓反派偷走你的故事。

這裡有個1分鐘作業：

從第55頁抽出一個已經失去了主角的場景，現在把主角扔回場景裡去，讓他說：

> 你的主角：這是我的故事，我要把它搶回來。

現在怎麼辦？用1分鐘寫這個場景。讓他把次要人物、無用動作統統扔出去，讓他重新找回動作，推動它前進。

現在換你説話了

在你的1分鐘電影的某個位置，有一句臺詞表達了你的主角的執著信念，他「完全瘋了，而且再也受不了了」。他說：「我得行動，休想阻止我。」

好極了，這就是第60頁的宣言。看看你剛剛發現的這句，再看看你

第60頁的這句話，他們說的都是同一件事，只是表達的強度不同而已。

用最高的強度來表達第60頁的宣言。

好了，找個隱蔽之地，把枕頭當成你的拳擊對手，以最大的力量猛擊它，體會一下何謂最高強度，堅持到底。去改寫第45頁到第60頁吧。

▉ 第 14 天：改寫第 2 幕——第 60 頁至第 75 頁

今天可以用一個詞形容⋯⋯

跳躍。

用一把大刀披荊斬棘地穿越你今天要改寫的內容。

戰勝、克服所有看起來像是停止、中斷的部分。去除所有的疑問。

你需要穿越主要的動作和結果，一路走、走、走、走到這裡。

但是愈來愈困難了是嗎？你覺得累了是嗎？你想看著它盡快完成是嗎？你的主角跟你有同樣的感受。他一路進行著登上山頂的艱難戰鬥，可是什麼時候才能夢想成真？

他已經經歷了這些階段：

（1）堅定信念（第60頁）。

（2）增加賭注（第60～第70頁）。他運用從第2幕前半段（第30頁～第60頁）學到的本領衝破了層層阻礙。

（3）他放手了（大約在第72頁）。他可以因為困難太大、太多而放棄，或者選擇在受到傷害之前放手——實際上他必須放手，他是因為放手了才發生了變化。

（4）真正的變化發生了。

讓我們用《洛基》（*Rocky*）舉例說明（儘管這並不發生在《洛基》劇本的第75頁），洛基意識到挑戰遠遠超出他的能力範圍，他意識到他根本贏不了這場拳擊賽，於是他做了兩個重要的動作。第一，他放棄了原定目標，改變了自己的目標；第二，原本他想盡力贏得這場拳賽，但是現在他想的是盡力堅持到最後。

他的目標曾經是贏得冠軍，但是現在堅持到最後就是勝利，而他做到

了。他放棄了不可能的目標，懂得堅持到底也是勝利。

找到你在哪兒讓主角放棄了，找到那個重要時刻。在那一刻他終於懂得他需要解決的核心問題是什麼了。

如果你找不到這個關鍵的放棄時刻，那就暫時不去管它。

它最終會找到你的。

然後他意識到……

第一次寫劇本的人在故事裡常用到一個詞——「意識到」（realize）。在故事的第75頁會出現「然後他意識到」。你的工作就是告訴我們他是如何意識到的，他意識到了什麼。

當洛基看到與他對戰的阿波羅跟他相比有多強大時，他意識到自己根本贏不了。當他終於接受他輸了的事實，他卻勝利了。

當我們最終懂得我們如此不顧一切是為了尋求什麼，我們的目標就會擁抱我們。

現在看看今天有什麼不同。寫上8分鐘：通過寫這個劇本，我從故事中學會了什麼？

在所有打動你的關鍵處畫底線。

你畫底線的部分，也是你的人物所意識到的真諦。

讓那個場景更加明確清晰。

這是突破的一天，跳躍吧。

▶ 第 15 天：改寫第 2 幕──第 75 頁至第 90 頁

今天我們要從第75頁的突破，來到第90頁第2幕的結束。

你的主角抓住第75頁事件的機會了嗎？他是否逆轉了形勢，創造了一個對他有利的結果？

也許你寫的是一部戰爭片，你的主角遭到攻擊，已經走投無路，於是他跳上一輛坦克，掉轉砲口對準敵人，終於逆轉戰局，贏得勝利。你的人物扭轉現實、順應他的目標了嗎？

看看他是否做到了。讓他以一種新的方式去面對阻礙，他已今非昔比，而新的方式也確實管用。

你得讓我們清楚明白地看到這些。

想想在生活中，當你學習一門複雜的技術時，起初好像很難，但之後就變得簡單了。好像突然一切都清楚明白了，輕而易舉，毫不費力。

一個想成為馬拉松選手的人會經歷艱苦訓練，為鍛鍊出長跑者的體魄忍受無數痛苦，然後有一天，當他在跑道上累得氣喘吁吁的時候，突然感覺到自己在跟風一起奔跑──這才是熟練精通的境界。而這正是我們追求的，就像空手道高手行雲流水的節奏、麵包師傅將麵團漂亮地高高拋起，或者是結帳隊伍總是比別人走得快，有條不紊、忙而不亂的超市收銀員。

在第75頁到第90頁，讓我們毫不費力地穿越危機。

看看這些場景的節奏。它們是漸強漸進嗎？它們是與前一個場景緊密相連嗎？如果在第1幕你的人物還受人欺負，現在讓他戰勝想欺負他的人吧。在之前的場景中，他們把他推進池塘，現在讓他在報復場景裡，用全新的態度來應對同樣的情形。

讓你的主角展示他的嫺熟技藝。第75頁至90頁不允許任何疑問、討論或缺乏行動──這應該出現在第60頁之前，而不是這裡。

他在第2幕最後一部分做了一個決定──也是他做的最後一個決定，

這個決定把他推到頂點。這是很大的一個決定，現在他可以得到金羊毛[19]了，他唯一要做的就是伸手去拿。

做出這個重要的決定：「這就是我走了這麼長的路想要得到的東西嗎？」如果他想要，它就是他的。除此之外沒有別的決定。

如果你已經度過第14天的挑戰，現在輕裝前行，滿懷信心迎接第15天的凱旋吧。

你現在已經很聰明了。你知道你在做什麼。讓我們看看在這十幾頁裡你是如何運用你的信心的。

把「我想我可以」的遲疑對白換成「我會得到它」的堅定承諾。

從第75頁到第90頁，危機加強了，威脅需要更加具體，你的主角的解決方法也要十分精確，讓這個擺在面前的決定使第2幕的氣氛達到頂點。讓你的主角做出這個決定。

展示他是如何成長的。

向我們展示這個我們正在談論的新傢伙，展示所有事如何因他的不懈堅持而最終如他所願。

去吧，你是個專家，讓所有的動作都漂亮地各就其位，把我們帶往故事的結尾吧。

---

19 希臘神話中，英雄伊阿宋（Easun）歷盡艱險，闖過神牛、武士、毒龍等層層關卡，最終取得稀世珍寶金羊毛，成為人神共敬的英雄。——譯注

🎬 第 16 天：改寫第 3 幕──第 90 頁至第 100 頁

第一次我們很快就完成了第 3 幕，一天就寫完了 30 頁，你在這裡肯定留下了很多漏洞和缺口。

很好，這正是你需要的。

注意第二稿的改進，你已經為你的人物回答了一些重要問題。

現在問問你自己：他想得到什麼？他在預期之外得到的，是不是遠勝過他計畫得到的？

現在他知道了一些以前不知道的事情──他得到了金羊毛。他已經得到的是他想得到的嗎？有什麼意外在等著你的主角和觀眾？

在《北非諜影》裡，李克得到了通行證、得到了伊爾莎、打包了行李、燒了橋。他要離開卡薩布蘭加，但是他沒有和伊爾莎一起離開，他和路易士一起離開，去幫助盟軍作戰。

創造性的選擇

因為他對愛有了新的理解：「我們永遠擁有巴黎，我們曾失去過它，直到你來到卡薩布蘭加，我們才又找回了它。」李克不再是那個懷著一顆受挫心靈的陰鬱怨男，他又有了生命力。離開時，他的生活被重新注入了活力。一些我們認為只有和伊爾莎在一起才會發生的事，因為伊爾莎而發生了。這個結局或許在我們意料之外，但是更讓我們滿意。

所以現在，你知道你的結局嗎？它還是你腦子裡總想的那個嗎？它在意料之中嗎？是不可避免的嗎？你對它滿意嗎？

如果你覺得你的主角有兩個選擇（或走或留，或者得到那個女孩或者沒有），現在是時候去試著尋找一個創造性的選擇了──他也許既沒有得到這個，也沒得到那個，而是完全不同的另一個。

在《美人魚》（*Splash*）中，湯姆·漢克（Tom Hanks）得到了他心儀

的女孩，但是生活卻完全超出他的想像，他必須離開人類世界，像雄人魚一樣生活。這是個完美的安排，解決了他想讓那美人魚女孩適應人類行為惹出的所有麻煩，現在他要做的只是讓自己適應非人類的生活。

什麼改變了你？

改寫的過程中，我們一直在說你的人物將經歷變化。在結尾時，他已經和開始的時候不一樣了，你可以看到他因為一路上的艱難險阻而發生了改變，他已經成功克服了你所能想到的最壞的可怕的危險。

我們真誠地致力於讓他改變。可是，內心電影定理告訴我們：人們不會改變。

看看你身邊的人，看看你自己。在寫這個劇本的過程中，你就發生了巨變。看看你所有的改變，其實都只是為了讓你更加成為你自己。

內心電影定理：人們不會改變，只會成長。

改變與成長的區別

成長發生在你的內在。你發現了一種新方法來理解周遭的一切，當你用新的方式來看待事物時，你周遭的一切也因此改變了。

我之所以會提到這點，是因為「好萊塢式結局」。

好萊塢式結局

如果到了電影結尾，人物變成另外一個人，試問誰想要這樣的故事？約翰．韋恩戰鬥，贏得勝利，戰鬥結束，影片告終。

你能想像他在堪薩斯開了一家五金店嗎？不，這個人物是一名鬥士，他會去尋找另一場戰鬥。好，但是天下太平，再也不會有戰鬥了，世道變了。他只好開一家五金店，十二年後，某人走進五金店鬧事，杜克又要開始戰鬥並贏得勝利了。

當形勢改變，行為可能會隨之改變，但他依然是我們曾經喜愛的那個粗獷硬朗的杜克。

只有當你願意接納自己，你才有機會去改變行為、環境、態度、自尊和任何事。

內心電影定理：我們之所以害怕改變，是因為我們認為是自己被改變了。

改變不會摧毀你的自我。讓你的主角成長。可別讓他在整個第2幕努力求變而不得，卻在最後一個場景突然停止賭博，變成了一個居家男人。讓他現在就改變吧，因為他已經成長了，他確實已經做好準備要去改變了。讓我們相信他能。給你的主角一個結尾，一個對曾經的他和改變後的他都是真實的結尾。

去吧，現在盡你所能給你的主角最好的結局。

🎬 第 17 天：改寫第 3 幕——第 100 頁至第 120 頁

昨天我們談的是你想讓你的主角去哪兒的問題，現在讓我們抵達那裡吧。

你想盡快從第 90 頁的危機來到你劇本的結尾（附注：不是所有劇本都是 120 頁。迅速結束第 3 幕的動作也沒關係）。

來到電影結尾之際，你還有一個任務必須完成：我們需要給所有人物一個結果。在《窈窕淑男》中，麥可向茱莉的父親道歉，因為他把自己當成了女人，還求了婚。

所有的事件都得有始有終。

因此，現在我們也必須確保已經把結局的種子牢牢根植於第 2 幕之內。

舉個例子：在《虎豹小霸王》裡，當凱薩琳·羅斯和布屈牛仔、日舞小子去玻利維亞時，她說她會跟他們在一起，但是不會看著他們死去。之後，在篝火旁，他們躲閃彼此的視線，她說她要坐明天的火車離開。

現在我們知道這是一個末日宣判的場景，我們知道她將要離開，因為不久之後他們就會死去，而她不願意親眼目睹他們送命。編劇威廉·高德曼是精通此類精妙曲筆的天才。

既然你已經有了關於結局的具體設想，就可以沿著這條線回溯到第二幕，為最終的高潮設置一些伏筆。

不用在第 2 幕創造新的場景，只需要看看你已經有的材料，重新整理一句對白來預示結局。

在《美人魚》中，約翰·坎迪（John Candy）和湯姆·漢克飾演的兄弟間有一個很棒的場景。約翰告訴湯姆：「去吧，去愛麥迪森吧。」在結尾，當湯姆發現他再也不能回到陸地，即使是耶誕節也不能和哥哥在一起時，我們知道約翰會沒事的，因為他已經說過：「去吧，去選擇真愛。」這對兄弟間的關係已經在之前的場景裡解決了。我們不必在最後讓湯姆停下所

有事跑回來說聲「拜拜」。

　　如果你第3幕的結構出了問題，有個方法也許能夠幫你過關。把這一幕也分成開頭、中段、結尾。在第93頁重申核心問題，在第100頁讓人物的欲望實現，在110頁之前展示他已投入到新的生活，在第115頁之前為他的生命加上一份意外。當然，這種方法只是一種導引，不必因為它感到困擾或被限制住。

　　比較簡單的結束方式是讓最後3頁與開頭前3頁來個首尾呼應，如果你的主角在第1頁中遷入某地，那麼就讓他在第120頁遷出。

　　回答那個核心問題。

然後──

　　　　　　　　　　　　　　　　　　　　　　　　　　　　　　淡出

📽 第 18 天：調整第 1 幕

萬歲！你已經完成劇本了！你終於挺過來了。你的故事有了生命。而
你，真的成為一個才華出眾的人物了。

那麼現在該做什麼？

讓我們做點調整吧。

大調整和小調整的區別

如果你信心滿滿，如果你已經有了一個故事，且頁面整潔，富有意義：

- 沒有邏輯漏洞。
- 沒有遺留疑問。
- 因果關係確立。
- 所有的設置都能前後呼應。而且——
- 你很滿意。

那麼，你今天做的就是小的調整。

如果這是你的劇本處女作，你還不確定故事是否成立，那麼你要做的
就是大調整。

如何做小調整？

把劇本打理整齊，若有需要，把它交給打字員，然後拿回一份整潔的
文稿。完成列印整理事宜時，可先暫停21天的鬧鐘（但不能超過三天）。

如果是你自己打字，記住先打出文稿再做調整。這時不用暫停21天
的鬧鐘，而且不要讓打出文稿的時間超過一天。21天的規則是當劇本在
你手中時才計時，如果它在別人手中，花去多長的時間就是他們的事了。

當你自己擔任打字員時，千萬不要一邊調整一邊打字，否則你可能哪一件事都完成不了。

現在假設你已經準備好了一份乾淨整潔的劇本和一支你自己喜歡的顏色的鋼筆，接下來找個地方來讀一遍你的劇本——不是你平常工作的地方。如果你現在還沒有背景音樂，趕緊打開音樂，讓這個時間、地點與你平時的寫作環境有所不同。

做一次馬拉松式、從頭到尾的閱讀，把鋼筆放在桌上，別握在手裡。如果遇到哪裡需要調整，再拿起筆來動手做調整，之後就把筆放下，直到下一次需要的時候再拿起來。這樣你就不會為了一些「的、地、得」的小問題把字劃掉又加上。記住，這是一次馬拉松式通讀，就是在一個完整的時段裡完成，並得到劇本的全貌。請注意：

（1）注意邏輯錯誤。如果她從洛杉磯打電話到紐約，你是否準備了三小時的時差？如果你把他留在雨中，你是否有讓他濕漉漉地走進下一個場景？

（2）讀出節奏，它在什麼地方停滯不前了嗎？如果是，看看哪兒有重複的對白，把它刪掉、刪掉、刪掉。如果人物在爭論，讓他們停下來，來點動作，或者最起碼在爭論的同時有點動作。

（3）如果對白似乎太滿，學會利用上下文。比如：如果他說要離開她，這個場景裡你就讓她勾引他，或者讓她把他的衣服扔進皮箱，把他推出門外如何？上下文能賦予對白意義。

（4）看看一個長得要命的場景能不能夠斷開，或者分散在不同的時間和位置。電影就得電影化。切到這兒、切到那兒、切到明天，讓場景從一條直線中解放出來。

（5）問問自己，你知道它是關於什麼的嗎？這是不是處理這個場景的最好方法？它能發生在直升機裡而不是廚房裡嗎？它能不用對白來展示嗎？對白能完全不同嗎？

（6）看看那些看起來不怎麼有用的場景。是否能找到一個故事瞬間，更為有效地傳遞資訊？你能找到那個能夠立刻展示一千種感受的故事瞬間嗎？

如何做大調整？

做法跟小調整一樣，區別只是在你的原始稿紙上做而已。在完成調整之前，不要重新列印文稿。你可以拿著你的筆，盡量使用，也可以用你的電腦或打字機改。你要做的是一行一行地修訂所有的動作和對白，做出說故事的最佳選擇。

以下是幾條調整第1幕的指導方針：

（1）讓前10頁變得緊湊、更加緊湊。再小的東西只要不需要，就必須毫不猶豫地拿掉。

（2）讓你的對白簡潔有力，盡可能清晰表達出你真正想要說的意思。

（3）再次檢查核心的人生問題。你想大聲清楚說出來的話有說出來了嗎？

（4）看看描述。如果可以用一個詞代替三個詞，那就換吧。

（5）如果你寫的是喜劇，現在就讓它更有趣吧。快點抖出包袱。舉個例子：在《小迷糊當大兵》（*Private Benjamin*）中，歌蒂韓對她渾身是勁的舞伴說：「我不能跟你在一起，我甚至都還不認識你。」他回答：「我是個婦產科大夫，我是猶太人……」然後就切到兩個人在床上的場景。電影給了你用變換時間來製造笑料的機會，利用它，讓你的喜劇令人捧腹大笑。

（6）你的背景說明部分寫得如何？你是不是讓人物說：「今天是我的生日。我生在大蕭條時期，是個孤兒。」展示，不要告知。讓她在垃圾裡找到一根蠟燭後，為自己唱《生日快樂》。找到你的背景說明部分，從中拿掉對白，放進動作。如果你必須告訴我們，也要找一個次要角色來擔任敘述者。比如說，主角去找工作，由次要角色如人事部經理來告訴我們主

角的資歷、條件和他想應徵的工作。

（7）第10頁到第30頁的多數場景裡都有你的主角嗎？如果不是，為什麼？

這就是今天的主要功課。

調整所有不屬於你電影的東西。

▦ 第 19 天：調整第 2 幕

當你不知道自己想說什麼時

你身陷第 2 幕的某處困境，迷失了方向。你一心糾結於那個場景、這個人物。你讀了又讀，卻始終找不到需要修改的地方。關於這個問題，有個非常有效的解決辦法：

找出你感覺不太對的 2 頁讀一讀。我知道之前你已經讀過上千遍了，現在注意其中有哪些話這個人物對其他人已經說了不下三遍。

他們的話總是在原地踏步。

> 他：我們是不是該走了？
>
> 她：我不知道。
>
> 他：那你想——？
>
> 她：我要穿什麼呢？
>
> 他：如果我們要去，現在就該走了。
>
> 她：我不知道該穿什麼？

找到原地踏步的地方，用一個方框框住，然後用大「X」劃掉它。

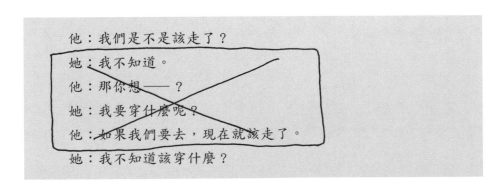

現在把那些死板、糟糕的章節全都仔細檢查一遍，刪掉既無作用又無意義的枯枝。

迷路了怎麼辦？

當你面對眼前這座不知所云的紙山時，你是否不知所措、焦慮擔憂？或者你被嚇壞了？你聽見自己的嘶吼：「我寫了一堆垃圾！它們一點意義也沒有！」

好，你在進步。這說明現在是時候改變一下模式了。

記住：你不必從頭開始，沒必要重複走過的路。

重新拿出你的視覺道具，冷靜地坐下，重新與你對這個故事的原始激情建立連結。重新找到那種感覺。不要思考。不要提問。清空你腦子裡所有「想知道為什麼」的念頭，清空你腦子裡所有正在做的判斷。

這時，你的工作就是重燃那份原始感覺。閉上雙眼，重新感受你的故事。

在找回過去的感覺之後，在記起最初你為什麼要寫這個故事之後，再前進。瞧，你不再被卡住了。剛才你只是停在一個岔路口上，現在你又能夠繼續前進了。你有一千個場景，但是沒有故事？你的劇本就寫在信封背面，而它們爛得就像被人咬過的饅頭？停下來。把你的劇本整理好，列印出來，把它弄得像個樣子。

為了要找出需要調整的地方，現在讓我們回到你的生活吧。這才是你找到需要修補的地方並將它們修補妥當的最快方法。

你處於你人生第2幕的何處？

你在對外在環境做出反應嗎？（第30頁到第45頁）

你在經歷內心成長嗎？（第45頁到第60頁）

你即將改變了嗎？（第75頁）

你結束了你的舊生活，正要開始一種新生活嗎？（第90頁）

你在生活中所處的位置，正對應著你劇本需要調整的地方。

你是不是有點矛盾，不知道是該讓你的劇本更商業一點，還是更個人一點？ 在愛情上，你是不是也遭遇了一些難題？身邊的人是不是常唸你「你什麼時候才要去找份正經工作」？我知道你已經下定決心，但這似乎是一場硬仗，而你孤立無援。

你的第 2 幕可能精采絕倫：你的主角彷彿在穿越深不見底的地獄之谷，連抬頭喘口氣的機會都沒有。對你和你的主角來說，這第 2 幕也許太長了，一個考驗接著一個，你必須和你的主角一次又一次穿越地獄之谷。

放輕鬆，他已經通過了第 45 頁到第 60 頁的考驗，現在你可以讓他凱旋得勝了。不過，這裡還有一點點失衡。你讓他在 60 頁之前就為自己的夢想義無反顧，之後在第 75 頁附近他好像又有一次堅定的夢想宣言，兩次之間則充斥了一大堆考驗。當你把對他的考驗連在一起之後，就會「意識到」第一個夢想宣言對他來說其實是一次錯誤的表態。他拍著胸脯許下承諾，可是他知道自己根本應付不來。這樣一來，他豈不是在炫耀自己明知道還沒有的東西？刪掉那次不合時宜的承諾吧。另外，他可以害怕，這沒問題，但是他必須誠實。

你的人物是不是聲明他會戰勝所有困難，沒人能阻止？ 很好——除了現在你發現其實壓根兒就沒人想阻止他。把他為何而戰表達清楚之餘，你還要清晰地展示究竟有什麼正阻止他朝目標前進。

你的第 2 幕一直想追溯回第 1 幕？ 你一直無法確定它是不是背景故事？請看看第 30 頁到第 45 頁，找到那個初始的成長場景。別擔心，讓後面所有場景都從這裡開始。

當你看見你的人物含糊不定，那你就幫他拿個主意吧。在自由初稿階段，你和主角是一體的，但現在是由你操控你的人物，別讓他們失去控制。

找到約在 45 頁的那個初始成長場景，在此之後，就不要讓他再走回頭路了。就像你的主角已經準備好了分娩，你可以讓她說：「這不可能！

我要回家！」但是她不能回去，她必須待在那兒把孩子生下來。一直保持前進。

你可能會有點擔心、有點焦慮你的人物在第75頁學到了什麼。你覺得自己在抵制改變。有個很好的治療方案——重複這句話：「我支持自己。」在以下的幾分鐘裡把這句話重複說上幾千遍。現在再讀第6天和第15天的內容，然後修改第2幕。我打包票你的第2幕一定會很好。

說吧，說出來

你也許已經找到了你強烈想表達和你真正關心的東西。你在第2幕的某處說了出來，現在看看它是否真的在那裡。你想把它拿掉？別這樣，你反而應該強化它。

如果你的人物躲在屋後低語，那就把他帶到前臺來，讓他大聲清晰地說出來。你不想他缺席或者變得軟弱虛偽？那就喚醒他，一直讓他保持清醒。寫出有趣的場景來表達你此時的激情。

現在把你迴避的場景放進來。舉個例子，如果他感情疏遠的妻子來看他，難道他要躲出門去？還是讓他們面對面吧。一旦你寫出了這個場景，而且消除了緊張情緒，你就會看到這裡真正需要說些什麼，然後找到一個好的方法來展現。

📽 第 20 天：調整第 3 幕

完工慶典之前

我們可以用這個詞來描述你的死線：你的朋友。

注意，21天的期限就快到了。死線成了你的第一要務。睡覺、吃飯和打電話跟死線比起來都得退居其次。跟上步伐，不要脫隊。即使你到了時間還沒有完成劇本，那一刻你也必須在心中模擬一下緊急剎車的感覺，來提醒自己已經錯過了最後期限，然後再繼續改寫剩下的內容。

如果你不那麼做，可能會花更多的時間才能結束。因為你身體的原定設置是到週一結束工作，如果你繼續做到週三，你的身體就會迷惑，然後罷工。我們可不是在暗示你會真的錯過死線，現在我們還在從起點到終點的途中呢，一切言之過早。

我們來談談結束

今天要做什麼？你的生活可不是只有電影。

就「如果我的電影寫完了，我會做什麼」這個話題寫上8分鐘。（我的意思不是賣劇本和賺大錢。我知道這是你想要的，但我的意思是第22天你會做什麼？）

你會去慶祝？洗衣服？辭職？結婚？還有呢？你需要知道當劇本結束之後，你還有大好人生要過。

就此寫上8分鐘。

好了。寫完8分鐘「劇本結束後的生活」，緊接著問答以下這個複選題。在調整中，你最大的感受是什麼？

（1）這個劇本是垃圾，你都不知道自己寫了些什麼。

（2）它也許很棒，也許很糟。說不准。

（3）你想你應該回到起點，開始一個新故事。

（4）以上皆是。

　　你現在經歷的叫「結束焦慮症」，其實在結束時出現的諸多問題都與劇本無關。

你做事總是有始無終嗎？

　　你是不是經常做事有始無終？如果是，請注意：

　　你可能已經抵達了第2幕，但是另一個故事突然開始了。第3幕就像是第1幕又重新開始了。看看是否是這樣。

結束不是死亡

　　死亡的概念可能讓你產生了深遠的恐懼，你覺得結束就意味著死去（我共事過的很多作者都有這種感受，不僅僅是你一個人）。但是結束不是死亡，而是更持久的生命。如果你讓你的人物從A點走到Z點，而且願意跟他一同經歷未知的冒險，那麼他不會在結局裡死去，而會贏得更豐富的生命。不要意外，我們常常認為如果我們從A出發抵達Z，這就是全部，這就是結束。可其實Z並不是我們得到的全部。所以讓你的人物回到路上，給他生命。

　　克服你的恐懼的方法就是──去做。

　　內心電影定理：第3幕的調整成功與否，取決於你想完成這件事的意願。

🎬 第21天：完工慶典

讓我們用1分鐘來討論一下第21天的事。

內心電影定理誕生的目的，就是為了讓你在21天裡完成劇本。但是沒有哪條法律條文明文規定你必須在21天內完成。你可以用三星期，也可以用整整一生的時間，只要你願意都行。但是如果你想在21天內完成，你可以的。

如果你想用更長的時間，當然也行。但是21天的程序和概念一樣管用。盡快完成初稿，然後離開一段時間，再改寫，之後再休息一段時間，然後潤色加工。

關於你的電影，不要想太多。

內心電影定理：你花的時間愈長，那麼你需要繼續花的時間也就愈長。

快刀才能斬亂麻。

我會說這個是因為，如果你到了第21天還沒有完成，你也並沒有失敗，繼續做，你總會完成的。

何時才算大功告成？

這裡有9道測驗題，只有在你真正寫完劇本之後才能回答。

現在自問自答：

（1）我的故事是什麼？我能用兩句或三句簡短的話來表述故事的開頭、中段和結尾嗎？

（2）我的主角是誰？他想要什麼？

（3）我的主角得到了什麼？和他最初想要的有什麼不同？

（4）在第10頁之前，我就清楚地向讀者表述了這是一個什麼樣的故事和我的主角想要什麼嗎？讀者能說出我的故事嗎？能看出主角的需要嗎？

（5）劇本格式正確嗎？120頁、空格正確、描述具體、大寫恰當、清楚標明頁數？

（6）我從未說過卻真正想說的話是什麼？

（7）這個故事是我想講的嗎？

（8）我相信這個故事嗎？

（9）我學到了什麼？這和我最初想像的有什麼不同？

如何找到兩個人試讀（不包括你的親友伴侶）？

首選當然是業內專家。如果你沒有門路，那麼最好找一個年齡介於10歲到12歲之間的孩子，把你的故事說給他聽。如果你遺漏了哪些故事要點，他（她）會直接告訴你。為什麼10歲至12歲的孩子是最佳選擇？因為他們大腦協調、語言技巧的水準都正好合適，這個時期他們大腦的各個部門還是自然地互相合作，語言通道也保持開放，而12歲之後，我們就開始以自我意識和自我主張為中心關閉某些通道（如果製片廠真的想要雇用少年意見領袖，他們面試的應該也就是這一年齡範圍的孩子）。孩子是真正擅長故事的人。

如果專家和孩子都找不到，那麼挑一個對你了解頗深的睿智老友。即使他（她）對結構有什麼不了解，也會因為了解你而讀出你故事裡的個人影子。

在他們讀你的劇本時，做好一個至少有二十個你想問的問題的表格。你想知道的是：他們是否接收到了你在電影裡想傳遞的東西？

看完第10頁後讓他們停下，問他們是否了解這個故事。它是關於什麼的？讓他們告訴你到目前為止他們所了解的所有資訊。

如果你對劇本的哪裡存疑，請提問——通過問問題來驗證試讀者是否

接收到你想傳遞的訊息：

- 你在乎人物身上會發生什麼嗎？
- 你對他們的問題感興趣嗎？
- 這是誰的故事？
- 你知道下一步會發生什麼嗎？
- 你在乎下一步會發生什麼嗎？
- 它讓你失去興趣了嗎？
- 你能描述一下主角嗎？
- 你能說出他的背景故事嗎？
- 他成長了嗎？
- 第2幕會發生什麼？
- 你還對這個故事感興趣嗎？
- 你認為會發生什麼？
- 你想要它發生嗎？
- 他說得太多嗎？
- 他說得不夠嗎？
- 如果他再老十歲，會怎麼樣？
- 壞蛋會讓你覺得恐懼嗎？
- 有足夠的威脅嗎？

　　現在列一個二十個問題的表格，通過詢問試讀者的感受來檢驗你是否已經說出了你想說的話。然後再列出二十個問題讓試讀者問你，這些問題會檢驗你是否已經用了最好的方式來說你想說的話。

　　你做這些事的目的不是為了追求熱情的溢美之詞，而是要讓你的劇本達到你能力範圍內的最佳狀態。

　　做完一次試讀，好好消化你學到的東西，然後再去做第二個。看看有

哪些問題被試讀者再次提出。先決定需要修改什麼，然後再修改，而你真的不想修改的地方就不要改。當你完成兩次試讀，再次凝鍊、壓縮你的劇本，然後站在它面前。這時你可以宣布大功告成了。

公開發表

「我不能寄到出版社。如果我暴露了自己，人們會討厭我的。」

我們總覺得如果某人了解了我們，他們就會自動討厭我們。其實恰恰相反，只有我們了解了你，我們才會喜歡你。

你認為自己無法接受批評？是的，你當然不能。為什麼你應該接受批評呢？你只是在需要去做的時候做了需要做的事。不管你做什麼或者這個劇本如何，它都是它需要成為的樣子。

保留評價的自主權

不要問「它好嗎」或者「我能寫劇本嗎」，那樣你將得到一個主觀的判斷。你需要的是意見。

內心電影定理：意見通常與意見持有者更有關係，而跟他發表意見的事情關係甚微。

如果你跟一個經紀人談你的劇本，不要問：「它好嗎？」而要問：「你能把它賣出去嗎？」

無論答案是肯定還是否定，他們都會提供意見，這些意見因為涉及你的劇本即將創造的價值，就不會流於個人化。

有兩種接受評價的方式：

首先確定你希望觀眾從你的故事中得到什麼，然後問你的觀眾是否得到。如果他們得到了，你就成功了；如果沒有，那就修改。你看，這樣你不就保留了評價的自主權嗎？如果你夠勇敢，確信自己能夠接受不同的意

見，接下來你還可以問觀眾他們更喜歡什麼或者不喜歡什麼，以及什麼能幫助他們更加理解這個故事。注意，你問的不是：「你討厭我的故事。是嗎？不是嗎？」

你是在問：「你想要看到什麼樣的故事？」

你需要保持高度靈敏，來捕捉他人對你作品的反應。對作者來說這是個敏感時期，因為你不知道自己是否勝任。某種程度上你只能通過別人對你作品的反應來衡量自己。

但是最終自我懷疑只能由自己消除，不管你給多少人看了你的劇本，不管他們的表揚有多動聽，也不能真正解開你心底的疑問，除非你自己做出決定：你已經完成了你要完成的。

內心電影定理：自尊只能自己給自己。

這也就是它為什麼叫「自我尊重」的原因。你從別人那裡得到的是另外一碼事。

還你的作品以自由：

它不是為所有人準備的，它只是為了讓你自己滿意。

最後檢驗點

如果依然不能確定你的劇本是否已經做到最好，可以通過你對劇本的態度來做個檢驗：①你需要找一個特警隊才能從你的手中撬走劇本，或者②除非哪家製片廠肯花錢讓你改寫它，否則你再也不想多看它一眼。

哪種態度才顯示你確實大功告成了？

你選的是②嗎？事實上，正確答案是①。如果你的劇本確實完成了，那你還應該對它懷有一份熱愛，而且還能發掘出新的層次進一步討論深入。因為你讓它有了生命，所以它大功告成了。它還會繼續生長，只是現在它已經從你的打字機移植到了電影市場中。

選擇②，說明你的劇本還沒有完成。你覺得你已經走得盡可能遠了，再也無法前進了。你停止只是因為你已經無法再給予它生命，你不想再看它一眼只是說明你筋疲力盡了，並不表示你完成了。

好了，前進吧，休息片刻，然後問自己那個最痛苦的問題：我還願意再多走一哩嗎？如果你願意，那麼，嘿，你是一個劇作家了。

當你真的，真的大功告成

你是不是很棒！

你認真準備。

你努力奮鬥。

你咬牙向前。

你相信自己／也曾失去希望。

你不停鍛鍊／也曾四處遊蕩。

規律飲食／也曾狂掃冰箱存貨。

為劇本夢想著／也曾把它拋在腦後。

不斷嘗試／也曾放棄嘗試。

逃避／堅持。

憧憬自己的作品是部曠世傑作／寧願看到它消失。

為自己的故事而勇敢／成為懦夫。

寫／不寫。

不管怎麼，最後它完成了……小事一樁。

沒什麼大不了！

帽子飛揚，號角響起。萬歲！你就是世界上最棒的那個人！

在自由初稿結束後，你辦了一個聚會，現在你可以再辦一個，但是這次得跟上次有所不同。

這是第一稿的聚會，你需要人們來祝賀你，承認你成為劇作家，給你

幫助、支持和鼓勵。

　　而這次聚會是因為劇本大功告成，用來向他們、也向你自己表達由衷的感謝。

　　現在你是劇作家了。你完成了劇本。至於怎麼慶祝，你可以任意發揮想像力。不過有件事是千真萬確的，那就是劇本結束意味著你的新一頁也開始了。

　　你還得有一個私人的時刻，沒有溢美之辭或甜言蜜語，你只是與自己同樂。這是只屬於你自己的珍貴時刻。生活還是像以前那樣，但是從這一刻起，你再也不是以前的你了。

　　內心電影之道舉杯祝賀你的珍貴時刻。

第四部

面對難以克服的
障礙

第九章

禪與成事的最高藝術

9.1 哦，你這小可憐

你到這裡來找出到底是什麼原因讓自己停下，是不是因為：

「我寫不了，我的日常工作把我整個人都抽乾了。」
「我寫不了，我那個處於青春期的兒子剛剛把狗染成了紫色。」
「我寫不了，我的牛皮癬突然犯了。」
「我寫不了，所有人都不支持我，甚至連我也沒站在自己這邊。」

好了，現在給自己一個甜蜜的擁抱。這些焦慮很正常。你很焦慮，你想要的只是改變你的生活。這對你很重要。

內心電影定理：永遠盡可能對自己好。

安慰一下自己，下面有一個作業。
好好體會你的感覺，不管那有多糟糕。只有好好體會這些感覺，我們才能找到根源，由此才能解決。
情況是這樣的：

這些障礙奪走了你擁有的一切，讓你只能坐著面對不著一字的一堆白紙。你已經跟所有人宣布你要成為劇作家，你相信沒有什麼能阻止你。可是現在你卻發現自己在打瞌睡。

寫劇本——寫任何東西都不容易。單單完成份內工作已經很難了，更別提還要應付這些讓人神經緊張的事情。

記住，你是一個劇作家。你富有創造力。你現在要做的就是發揮自己的創造力，找到消滅這一切障礙的方法。

這一節的主題是面對難以克服的障礙，你可以找到自己在哪裡停住了，找到那個障礙是什麼，然後用新的方法繼續前進。

這些障礙可以分為外在障礙和內在障礙。首先讓我們來談談外在障礙，包括時間、地點和頁數計數器（page count）。你一定能找到辦法來安排從你的伴侶、孩子、老闆那兒搶到的時間。內在障礙則是源於你自身的艱難時刻。

寫作是一種要求你動用兩種不同的思維模式——感性思維和理性思維——共同完成的藝術形式。當你運用你的感性思維（或理性思維），但這時卻需要理性思維（或感性思維）時，就會出現障礙。如果你的這兩種思維模式不太協調，你的思路就會阻塞，沒有什麼比這種感覺更糟了。所以，既然我們希望你感覺良好，就要找到你的障礙，然後擁抱它，因為——

內心電影定理：障礙只存在於你自願停下的地方。

第十章

外部障礙：
埋頭寫作時，怎麼交出房租？

10.1 繼續你的日常工作

也許你在百貨公司鎮日噪音震天的電鋸部門上班，也許你在那裡很不開心，這也是你為什麼想寫劇本的原因——賺個一百萬，然後離開那個扼殺你創意的工作。也許你腦子裡成天縈繞著這些問題：

- 你該辭職去寫劇本？
- 你該咬牙撐著，只在週末寫劇本？
- 你該等待？
- 你該忘掉這一切，老實待在原地？

你當然不想待在原地，否則你就不會讀這本書了。當然你也不打算繼續等待，因為……

10.2 根本就沒有等待這回事

等待意味著你一邊怠惰蟄伏，一邊在心底暗自許下一段或長或短的時

間期限，祈禱你的生活早晚會有所改善，讓你能夠追逐夢想。可是根本就沒有等待這件事，因為沒有你，生活依然繼續前進。

是時候下決心採取行動了。向你的未來邁出第一步吧。

10.3 如何讓日常工作為你服務？

讓你的工作更加有條理，這樣你才能讓它進入自動導航狀態。也許最終你會離開這份工作，但是現在你要做的是改變它。

如果你的工作最可怕的因素之一是和同事關係緊張，那就離他遠一點，這樣你和你那難以忍受的同事就能夠和睦相處了。你有一個他們都不知道的祕密：你在寫你的電影。你正在採取行動擺脫這份工作，你還待在這裡只是因為現在這個工作是在為你服務。

10.4 你要做的就是準時出現

能否從任何工作中得到樂趣其實完全取決於你的態度。工作中真正的津貼是你自己給自己的。

如果你的工作多得讓你一天忙得像條狗，每天一早上班都需要鼓起莫大的勇氣，也許你就不會有這麼多時間和力氣抱怨了。

實話實說吧，你不開心其實是因為你想在工作中得到平等的回報。但是工作協議不是這樣的，它答應給你的只是一份薪水。只有接受這一切，你才能夠從中解脫，去體驗一種堅持微笑的生活。你要從這種經歷中得到快樂並受益。

內心電影定理：唯有遵守所有的小規則，才可以自由地打破大規則，小不忍則亂大謀。

10.5 如何活出雙面人生？

你擁有一個振奮人心的祕密。這個你正為之奮鬥的祕密會讓你以全新的方式對待工作。以前你為了工作而投入，現在換它為你服務了。

工作還有別的用處，有了它，你就不用成天憂心你的劇本了。看看你的工作能如何幫助你的寫作。當你開車去工作時，這段時間是不是可以用來組織劇本？在你一天的工作裡找到並利用零星的寫作時間。比如，在心中重播你的電影。你能在午飯前完成哪些場景？眼睛看著你的同事，在心裡你可以回答關於人物的問題。

看看劇本全貌，然後把它分成幾大塊，分成8分鐘的段落，再將這些段落列表。就利用接電話的空檔、一天工作的閒暇寫出一個場景，一頁，或者一句對白。過一種雙重生活。

通過寫劇本，你也會成長，而最終離開這份不適合你的工作。直到你真正做好準備離開，你也許才會被炒魷魚。估計一下那大概是什麼時候。往往當你覺得再也不能多忍受1分鐘時，卻會山窮水盡疑無路，柳暗花明又一村。

離開工作的最佳時刻是：當你已經準備好離開的時候。

在你還沒做好準備之前，別讓他們炒了你。

你還可以利用公司的影印機多印幾份劇本。這不合法、不道德，卻是可取的行為。你需要覺得從你的工作中撿到某些便宜，否則你根本無法繼續待在那裡。而現在我們需要你待在那兒。堅持下去，繼續為將來離開這裡做準備。

10.6 以物易物

我曾在一個劇本快寫完的時候，在一家製片廠的辦公室裡工作了兩個星期。那兒有個總是瘋狂打字的祕書，我注意到同一篇文章她打了四遍。

她跟我說她喜歡打字，可是她在辦公室裡除了偶爾接一些電話之外，根本沒事可做。

於是我把我的劇本給她，讓她幫我打出來。當她將列印得工工整整、一絲不苟的劇本遞給我時，作為回報，我請她吃了頓價格不菲的午餐。我們倆都很開心，交換讓我們體驗了人生中巨大的互動樂趣。讓喜歡做這份工作的人做這份工作，而你幹你喜歡幹的活。

10.7 如果你被炒魷魚了，會怎樣？

恭喜你！這正是你想要的。但是我知道，你會想：

> 你：我真是個笨蛋，連一份我不想要的爛工作都保不住。

你會不斷責備自己，跟自己過不去，你用這種方式向自己表示你應該要負責。因為你害怕如果你不自責，你在意的那些人就會責備你。

> 你愛的人：我就知道，事實上你就是一個徹頭徹尾的無賴。

別再這樣了。如果工作已經丟了，就不必為它繼續浪費精力。你自由了。

10.8 何時該辭職？

如果你覺得時間不夠是因為你的工作壓力很大，你辭職了，你會發現你還是沒有時間。當你擁有了世界上所有的時間，你才知道時間永遠不夠，因為總會有點什麼事情發生。

看看關於時間（第十一章）、地點（第十二章）和妄想症（第十八章）的章節，你的問題跟這三個部分都有關係，只有少數問題跟你的寫作有關。而寫作，如果你還記得，這才是你最初要辭職的原因。

別擔心，先把自己安頓好，然後拿起筆。

10.9 失業預備金用完了怎麼辦？

好，你現在的情形就好像第二隻鞋子要掉下來了，最壞的事就要發生了。你該怎麼辦？

你的選擇是：你可以再去找一個飯碗，然後平衡你的寫作時間和工作時間。但是之前你不是已經這樣做過了嗎？你擔心你的劇本會因此化為泡影。放心，不會的。你做這份工作是因為你不得不去做。而且你現在已經瘋狂了，瘋狂對現在的你來說最好不過了，因為接下來你要去適應的不是你的錢不夠，而是你的時間不夠。

10.10 時間大於金錢／金錢大於時間

你也許覺得有必要為你的錢做一下預算。這很好，但這依然不會改變你即將身無分文的事實。辭職的時候你以為存的錢可以為你買到時間，如果錢能買你的時間，你1小時給自己多少錢？你存的錢夠你吃上一年，但是你的薪水呢？法定最低工資或者更少？這一年用得豈不是很不合理、很不經濟？

為你的時間估價，1小時值多少錢？若想成為富翁就得留心這個。

一文不名的人擁有世界上所有的時間，他們能煲電話粥，他們能砸你家大門。而富人的空閒時間則少得可憐，因為他們的時間被充分利用，填得滿滿的，他們也因此獲得了時間的價值。而你準備付給自己寶貴的一小時多少錢？

10.11 你的錢花光了

琳達辭職在家寫劇本。現在她的錢已經花光了，需要重新去工作。她問我是否認識什麼人能在業內給她一份打雜的活，這樣她就可以繼續寫作。一般情況下我都會立馬衝向我的名片盒，一路狂翻，然後找出一個電話號碼，但是我發現她其實一點也沒長進。這是她的慣用手法，找一份打雜工作又找一份打雜工作，這樣她就可以寫作了——可是她根本就沒寫。

現在她又來這套。我給了她一個作業：別再這樣了。檢查你的行為模式。

內心電影定理：如果這個方法不管用，就別再用了。

10.12 找到更好的方法

當我們的計畫不管用的時候，我們總認為是自己做得不好，所以我們會以相同的方法再試一次，只是這一次更用力。

就像當一台自動販賣機吞掉了你的硬幣，你會捶它、打它。它沒把硬幣吐出來，所以你更用力地捶它、打它。

當計畫不管用的時候，就改變計畫。

10.13 打雜的工作、臨時的工作和真正的工作的差別

現在做個決定。

你是想得到一份打雜的工作，讓你能夠付房租，但不會給你的大腦增加負擔。

或者你想得到一份臨時的工作，你可能會擁有一張名片，但責任不會大到讓你無法自由地寫作。

或者你想得到一份真正的工作，那份工作就是你的所有，它占用了你的所有創造力、注意力。

三者的區別就在於你願意為這份工作投入多少的自己。

我的意見是不管你做的是哪種工作，都要投入你的所有，因為逃避會消耗精力，而參與會給你能量。

如果你能快樂地做這份工作，那麼不管工作幾個小時，你仍然能夠寫作。

內心電影之道的誕生就是為了不管你擁有的是一份打雜工、臨時工還是真正的工作都能寫作。你從事的工作一點也不會成為阻撓你寫作的障礙。

只要你好好安排籌畫你的環境，讓它們對你有利。

我的一個學生從打雜的工作轉到了一份真正的工作，這樣她能賺到更多的錢，但是她卻沒有了時間，她因此討厭這份工作，想辭職。我們做了一個日程表——她用了兩週時間調整她的工作環境，既能保住工作，也不必心生怨恨，她只是需要安排妥當，以便節省更多精力在下班之後能夠繼續寫作。

她在那兩週裡挪動家具、委派任務、規範步驟、制定了一週四天10小時工作日的計畫，這樣她一週就有三天時間留給自己。現在她熱愛自己的工作，她的劇本也已經進行到第16天了。

10.14 我必須寫出劇本並賣掉來交下個月的房租

根本就是胡扯！

為錢發愁會耗盡你的精力和創造力。你的精力都會花在怎麼找到下一頓飯上，而不是花在你的劇本上。

如果你寄居在他人的沙發上，渾身上下只剩一件乾淨的內褲，並認為解決你的經濟問題的方法就是寫劇本——千萬別這樣！先照料好你自己的生活，再開始寫作。

10.15 多少錢才夠？

經濟自由就是有足夠的錢，讓你不再需要錢。

它並不意味著需要一百萬美元，有時候它就只意味著有幾毛錢去買個墨西哥玉米捲。

第十一章

外部障礙：時間

11.1 如何給自己更多寫作時間 ——「不是……就是」 的精力劃分術

你已經花了百分之百的力氣在現實世界中為自己清理出一塊寫作的空間，以及擠出一段寫作的時間。

現在你要做的第一件事就是好好睡一覺。

是的，爬上這個舞臺已經讓你累得夠嗆了。在充分休息和保持位置之間找到一個平衡點，下定決心絕不後退。休息，然後前進。要讓這個世界與你的生活保持足夠的距離，以便在寫作時能集中精神，但不能太遠。這樣當你的日常工作一結束，你就能走進這個世界，並在其中生活。我們知道做到這點已經讓你花去了全部寫作精力的三分之一。

讓我們來猜個謎語吧：一天之中什麼東西是我們所有人都平等地擁有的？無論窮人、富人，精力充沛的人，忙碌的名人，或者其他任何人 —— 什麼東西是我們都擁有的？答案是我們一天都有24小時。

我們擁有相等數量的時間，差別只是我們之中的一些人能找到時間，利用這個時間來寫作。不存在沒有時間的問題，只有選擇的問題。

現在我們假設你同意這是一個選擇問題，你選擇擁有六個孩子和一條狗，同時你也選擇了寫作。你要怎麼解決這個問題？

別為這個打架。

先看看你的時間和你是怎麼分配時間的。很有可能你的大把時間都用在思考和感受你沒有時間上了。今天的壓力其實來自於你總在擔憂該如何應付明天的一堆爛事。

這1分鐘你過度操勞了嗎？如果是，在這1分鐘你就要採取行動解決具體問題。如果這1分鐘的壓力其實只是因為擔心下1分鐘，那你純屬在毫無產出的浪費時間。如果你把全部精力的百分之八十用在讓與世界相通的門關得更久以便於你寫作，那你只留下了百分之二十的時間真正用在寫作上。

如果你不得不承受這一切——就向它投降好了。走向你的幼稚園，或者學校，但要帶上你的便條本和紙。永遠對生活說「yes」。

11.2 我治好暈船的方法

我曾因為暈船，抱住巨大快艇上的欄杆，一時引人側目。而在最近的一個出海日，船都還沒離開港口，我為了抵抗頭暈，已經讓自己緊抓著欄杆。

> 我：等一下，這一分鐘你難受嗎？
> 我：不。
> 我：如果這分鐘是「好的」，那就別給它灌輸「難受」的感受。

我決定在暈船真的發生之前再也不去想它，而我居然再也沒暈船了。

一天中抽一段時間只關注一件事，現在只關注你自己。

11.3 如何聽到自己的心聲？

　　傾聽，你會告訴自己你需要知道的所有事情。通過觀察別人，你了解了如何展現你的人物，也了解了自己。你的心裡在想什麼？傾聽。

　　注意你生活中的噪音。分心的事情無窮無盡，它們是讓你停滯不前的元凶之一。你說：「我想獨處。」但你是不是在獨處的第一時間就打電話給你的朋友說「我想獨處」了？

　　給自己空氣和陽光。我們所有人都很需要。

11.4 讓你的思維自行運轉

> 你：我沒有時間去思考。
>
> 內心電影：好，既然思考讓你陷入麻煩，那就別去思考。

第十二章

外部障礙：地點和物件

12.1 貼身用品

上週二我無法繼續寫下去，我有一種難以遏制的衝動要馬上跑出去買一個電動削鉛筆機。在美國，當某人開始嘗試一項新的體育運動，他的第一個標誌性動作就是上自行車店或俱樂部買關於那項運動的貼身用品。你都還沒揮過一次球拍擊球呢，但是你已經先在球鞋和球帽上花了62.50美元。買一件工具或器材往往是你對一項運動的前期投入。

這是一種很正常的本能。去吧——到商店去消費吧。有時你需要外在的有形證據提醒你已經投入到某項運動中。如果你是一個作家，但你還沒寫過任何東西，你也需要看起來像個作家。你需要坐在一個作家的座位上。

我住在希臘的一座小島上，一個朋友把他的愛馬仕可攜式打字機借給我，她叫我「劈哩啪啦」，因為島上任何一個地方都能聽到我「劈哩啪啦」的打字聲。我有一個小小的希臘桌和椅子，讓我能坐在陽臺上眺望愛琴海。

希臘傳統復活節之前，島上的每個人都要粉刷屋子，可是沒有人要我幫忙粉刷。我把這歸因於我有一塊地方和一個物件，我稱得上是一個作家，我正在工作。

而我為此感激涕零。寫作很辛苦，但是粉刷房子這種體力活，哦，還是算了吧。

12.2 該把工作場所設置在哪裡？

你的工作場所可以布置得很精心，也可以很簡樸，全依你的性格而定。

我的一個學生把她的客廳變成了辦公室，這花了她兩個月的時間，很好。那其實是一段醞釀期。準備工作場所的同時她也在思考自己的劇本。裝修一結束，她就馬上投入到寫作當中。當你確定你已經準備好了，就開始寫吧。

我另一個學生有一台可攜帶型打字機，她在午餐時間把車停在公園裡，就在車裡寫作。我有一間辦公室，看起來有點像公司總部，有一台電腦，一台印表機，萬事俱備。但是每個下午我都把它們留在辦公室裡，帶著我的鋼筆和紙，到長椅上去寫。

有一個固定的地方很重要，你可以把視覺道具放在那裡——就把它放在外面，因為如果你只是把它收好，就意味著你只有在必須的時候才不得不把它拿出來，而心裡你並不願意。我們可以用統計資料證明這個論點。

如果你沒有固定的工作地點，那麼就隨身帶一個便條本吧，可以走到哪兒寫到哪兒。

地方和物件的置備不必花很多錢。我有一個很大的錢幣顏色的陶瓷馬克杯，還有一件3A.M.的毛衣。

好了，現在就去購物吧。

第十三章

外部障礙：我該找個寫作搭檔嗎？
他該具備什麼特質？

最理想的寫作夥伴就是能說出你想到卻不敢說出口的「蠢主意」的人，你聽到了這些蠢主意，卻靈感大發，馬上想出下一個精采片段。一個蠢主意加上之後的好片段，就是一次完美的合作。

搭檔關係是才華、需要、欲望、工作習慣和個人衛生等各方面的親密結合。捫心自問，你們在感情上真的能做為一個團隊和睦相處嗎？如果一個人在下，一個人在上，下面的人是否有能力把上面的人拉下來？或者上面的人有能力把下面的人拉上來嗎？如果你在感情上不能支持另一個人，那麼也不用指望你的搭檔的支援了。

確定好時間地點，和你要完成的頁數，然後嘗試從外源培養感情支持吧。

13.1 測驗：未來寫作夥伴的和諧度

問問自己以下這些問題。這裡沒有滿分，而是由你來界定何謂完美的搭檔關係。

你們奔向成功的步調一致嗎？
你們對成功的定義一樣嗎？

當你們一起腦力激盪，是不是很令人激動？你們是否有層出不窮的點子，而且彼此都很喜歡？

可能你們是一對完美的互補——一個做重點筆記、設定時間，另一個出主意，然後溜出去找按摩師傅。你們能互相啟發嗎？

是一個抽菸，另一個不抽菸嗎？

是一個白天工作，另一個夜裡幹活嗎？

是一個長於結構，另一個精於對白嗎？

你們攜手作戰，比單兵作戰強嗎？

你們喜歡彼此嗎？

他是不是一直出狀況，占用你的寫作時間（比如：他的背痛了、感冒了，然後又到堪薩斯去參加婚禮了）？

你們從合作中得到了什麼共同願景嗎？

你願意在將來和他分享你的事業成就嗎？

你們之中誰有伴侶，他（她）會妒嫉你們共度時光嗎？

你們在一起的時候更能創作出個人化的故事，而不是精巧細緻的段落嗎？

13.2 誰是作者？

你心裡總是在疑惑：這神奇的魔力到底有多少來自於你自己？又有多少必須歸功於那傢伙？事實是來自於你們倆。你必須接受這個事實，那就是有些美事只有當你們在一起的時候才會發生，一旦你們分開就不行。如果你不想跟他分享這種只有你們兩人在一起時才會產生的魔力，你就別去找什麼搭檔了。

13.3 證明自己

你是不是覺得需要通過寫劇本來證明自己？那和人合寫恐怕無法滿足你。你要怎麼通過別人來證明你自己呢？你必須獨自去做才行。如果每個人都覺得這個劇本自己貢獻最大，另外那個人卻偷走了你的點子，那搭檔關係必然以苦澀告終。

13.4 盟約

你和某人組成職業搭檔，這關係到兩個獨立成年人的職業生涯。也許你認為這是一種很嚴肅的承諾，但是我的朋友羅恩（Ron Fricano）和我則是這樣開始談判，然後成為搭檔的。

> 羅恩：想一塊寫嗎？
> 我　：好啊。

我們舉杯祝願我們的聯盟：「能堅持多久就多久。」桌上一個幾度結婚離婚的朋友笑得從椅子上摔到地上。

> 朋友：上次婚禮上我應該說這句話的。

嚴肅地對待你的承諾，但是如果它無法繼續，不要讓這件事影響你和朋友的關係。我和羅恩一塊寫了一年，然後我們覺得彼此都更喜歡獨自寫作。我們分開了，但依然是好朋友。

13.5 小鹿亂撞

如果你愛上了你的搭檔，但是你的搭檔並未愛上你，別精神緊張，讓這事安然度過。所謂萌生愛意只是一種專心致志的狀態。當你們以彼此為焦點，你們的大腦皮層就會產生改變，類似愛的洗腦。

當這種「小鹿亂撞」的症狀結束，你們的搭檔關係會更加深入。當然如果你們同時愛上對方，那就別寫了，趕緊結婚去吧。

13.6 破壞份子型的搭檔

很多搭檔關係萌發得很快，但在經歷最初的成功後就迅速瓦解了。

這是因為搭檔的錯誤行為就像是一個破壞份子。留意這種讓你陷入失敗的搭檔關係。你們可能很快就賣出了一個劇本，這時搭檔關係的主題就不是你倆如何找到工作做，而是你們如何處理初戰告捷的勝利果實。如果你的搭檔應付不來，或酗酒貪杯、一蹶不振，你會發現是自己在苦苦支撐著他，你做的已經遠遠超出了你所能負荷的。

這種搭檔關係和你剛剛得到的那份工作一樣，來得快，去得也一樣快。也許你會說這是搭檔的錯，但其實你當初選擇時，就不該選擇那些會拖著他人陷入失敗的人。一個人應該擁有獨自承受失敗的堅強意志。

內心電影定理：強大的聯盟最好出現在這樣兩個人之間——他們在一起時能成為一個整體，而且透過兩人的搭檔，能讓彼此變得更強。

13.7 對獨自行動的膽小鬼的建議

試試夥伴模式。

找到另一個跟你一樣願意用21天寫一個電影劇本的作者，這跟結伴

減肥的道理類似。你們倆可以彼此激發，一起討論，運用對方的支持和建議。但是每個人都只是在寫自己的電影。

第十四章

外部障礙：
對愛侶的指導——
怎麼關懷和培育一位準編劇

這一章寫給所有愛你和與你親近的人。

14.1 何時供給空氣和陽光？

有一個時刻，你會覺得你的作家好像已經脫離這個星球，遁入了另一個空間。因為他或她的離開，你會覺得空氣裡好像有一個洞，一個真空。如果你想努力摟著他們，把他們拉回來，也許會讓自己的手被咬一口。

你會覺得被遺棄了，你會使出渾身解數——打擾、添亂子、把盤裡熱騰騰的飯菜都倒在他的打字機上。這並不明智。要是他們走了，努力把他們從外太空弄回來：①難以實現，②反而會引發不快，更讓你覺得自己被拋棄了。要明白：這並不是在針對你。因為他們離開這個星球神遊天外並不意味著他們不愛你，只是表示他們正在工作。既然他們是在工作，那就忍著點吧。最終他們會結束工作，回到你身邊，繼續瘋狂地愛你。

14.2 何時別把愛的聲明當真？

他們已經寫出一頁一頁的天才篇章，他們的「情緒智商」已經日益增長。當你正在切菜的時候，他們也許想和你跳一支舞。把這洋溢而出的愛

意存進你的口袋吧，然後隔天拿出來獨自享受。因為一旦他們身處「毫無價值的挫敗」之際，就無力去給予和接受任何一種愛意了。

14.3 遲來的滿足

如果你的作家企圖用他的劇本證明自己，那他可能會出現這種症狀：在劇本真的大功告成之前，他不能愛或者被愛。他不會讓你愛他，但他也許又會要求你的愛。這很棘手。跟他訂個協議，讓愛和寫作同時進行。如果你想等到劇本結束了才去愛對方，那麼劇本永遠不會結束，你們也永遠無法繼續正常生活。

14.4 危機處理

如果你感覺不到一丁點兒的謝意，你屋裡的那位作家彷彿就是專門要找你碴——去把你家裡所有的書都翻開，翻到誌謝那頁。看看所有作家致他們所愛的人的感激和歉意，好好體會字裡行間的情意。

再忍耐一下，總有一天你也會擁有屬於你的那一份。

14.5 從此過著幸福快樂的日子

我有一個作家朋友，他的新婚妻子唐娜曾極度苦悶：「他根本不愛我。」

我們談論過這個問題。我建議當他只是一個勁地寫啊寫時，她就用他愛她的念頭讓自己快樂起來。最後她終於不再把寫作當做自己的情敵，她擁抱它，而且以她力所能及的各種方式幫助丈夫，這讓她感覺自己也成為了其中一份子，而不是和丈夫分隔在兩個世界裡。七年過去了，他們有了兩個孩子，他成為相當成功的好萊塢劇作家，兩人婚姻依舊美滿。我去他們家吃晚飯，傑克在搖籃裡呼呼睡去，唐娜一邊嗔怪地拍他一邊說：「他

正在寫第2幕呢。」

14.6 如何給「傑克 & 海德」[20] 相等的時間？

你知道兩個相愛的人的關係真的就像雲霄飛車。

當你在之中加入了寫作，不要把寫作當成焦點，而去給真正屬於你們關係的其他領域找麻煩。

內心電影法則：寫作不是背叛。

當某人寫劇本，尤其是第一個劇本的時候，往往是一次真摯的嘗試，希望在某種意義上讓自己變得更好。如果這想法對你來說頗具威脅，那麼就用跟他一起變好的方式來向你的作家致敬吧。為你們自我完善的共同活動做一個21天的日程表。當他背誦他的奧斯卡得獎感言時，也能激勵你跳下沙發去做有氧健身操。隔天他對你嚴加斥責的時候，你也要用克制暴飲暴食的衝動來向自己致敬。

把你們兩個人的夢想綁在一起，這難道不是愛的妙用嗎？

14.7 相信

他的夢想你也有份，這的確是件讓人興奮的事。當你信任一個人，希望他們的夢想成真，你會感覺很好，他們也會。

---

20 傑克與海德是根據同名小說改編的影片《化身博士》（*Dr. Jekyll and Mr. Hyde*）中的角色。影片講述受人尊敬的科學家傑克喝了一種試驗用的藥劑，在晚上化身為邪惡的海德先生四處作惡。這裡作者借這一雙面人格的藝術形象代指活在虛構、現實兩重生活之中的編劇。——譯注

第十五章

外部障礙：
編劇的家庭啟蒙書

是的，在上一章，我們已經跟你的愛人談過了。他們已經懂了，他們會一直陪著你、支持你。這裡還要再對你說一遍。

愛人擁有不可思議的雷達，當你的專注使你彷彿要脫離這個星球，他們馬上就能感應到。是的，他們第一秒鐘就會有感應。甚至你的狗也會知道，或者該說，你的狗特別會感覺到。他們會想盡各種託詞、各種方法，希望你回來。你要知道：你的創造力是如此強大，那些跟你生活在一起的人還有動物都能感到在你原來待的那塊地方，空氣中突然出現一個真實的空洞。你留下了一個真空。

不要和愛你的人爭吵。永遠不要和愛你的人爭吵。他們只是想要你回來，擁抱他們因為愛你所以想要你回來的事實吧。

15.1 如何達成蛻變？

隨著你的不斷成長，你變成了全新的你。

但是關於這一事實的認知會有一個遲滯的過程。儘管你已經是全新的你，你的伴侶和朋友可能還會像以前那樣對你，起碼要等到他們看到了你的新行為，才會對新行為做出新反應。

你是不是見過十幾歲的少年一邊大發孩子脾氣，一邊喊道：「我想被

當成大人看待。」想被當作大人，就得像成年人一樣行事。所以要想被人相信是一位作家，自己就必須先相信這點。

想改變你愛的人對待你的方式，你就得先改變你自己的行為。當你相信自己是個作家，其他人也會相信。

15.2 「感情—生活」複選測驗：你需要他人怎麼對你？

（1）你需要人們相信你而且告訴你他們是否相信？

（2）你不需要告訴任何人任何事，而是一個人埋頭寫作？

（3）你需要人們知道你在做什麼，同時你又不想讓他們影響你的日常感受？

你希望人們怎麼對你，他們就會怎麼對你，就看你提出怎樣的要求了。

15.3 盛宴或饑荒

記得《四眼天雞》（*Chicken Little*）的故事嗎？小雞懇求：「誰來幫我種玉米？」沒人搭腔。但是當種子長大、玉米豐收的時候，所有人都有時間來吃玉米。

在穿越最黑暗、最陰鬱的第2幕的那些日子裡，當你覺得自己無法繼續，你會打電話給一個朋友，儘管這個朋友也許給不了你任何幫助。當然不管怎樣，你都會自立自強咬牙堅持，寫完你的劇本。

第一個到訪的朋友可能也會第一個對你說：「我知道你可以。」

當你毫無信心的時候，你是否需要有人來幫你說服你自己？打電話給朋友說：

你：我沒信心，你能幫我說服我自己嗎？

全世界人民：（眾口一聲）我們知道你可以的。

15.4 當你無法上床睡覺時，該對伴侶說什麼？

什麼也不要說，給他（她）一個擁抱，一個長長暖暖的擁抱，就在你的工作區域好好親熱一下。如果這個時候你的伴侶說：「你不上床來嗎？」你腦子裡可能會蹦出一個念頭——現在你需要先獻身給你的劇本。

別虛偽了。去吧，擁抱彼此，讓你的伴侶沉浸在幸福的浪潮中。然後回到你的工作區，此時你寫出的文字一定生氣勃勃、精采無比。

第十六章

內心障礙：
你為什麼停下？怎樣才能繼續？

給那些正身受寫作之苦的作者們的四個選擇：

（1）他們會放棄寫作，但又會深陷放棄寫作的痛苦中。

（2）他們會繼續寫作，但是會身受寫作的痛苦。

（3）他們會放棄寫作，不再痛苦。

（4）他們會繼續寫作，不再痛苦。

你想要哪個？現在就做出選擇吧。

好了，讓我們搞清楚你的障礙是什麼，然後解決它。

16.1 利用你的恐懼

愛迪生怕黑，看看他因此做了什麼。他點亮了黑夜。

你是想利用你的創造力發明各種阻止自己的藉口，還是想運用同樣的力量在黑暗中散發光芒，照亮道路，繼續前進？我知道你的選擇，我們出發吧。

16.2 矛盾重重

　　有時候我們告訴你要將注意力投向細節，但另一些時候你又需要跳出來看大局。只有當你知道什麼時候採取什麼行動，你才有可能成功。一般來說，如果你無法繼續前進，那都是因為你來來回回走的都是一條路，你需要掉頭向反方向去。

　　你是否有以下這些症狀？

- 你能拖就拖。
- 你希望擁有更多意志力。
- 你希望自己更積極。
- 你希望有人狠狠地罵你。
- 你打不起精神。

　　好，讓我們──治癒這五大病症。

　　先說拖延。拖延就是你計畫要做某事，卻沒做。

　　內心電影定理：錯誤不是你沒做，而是在於「要做什麼」的想法。

　　現在把拖延這個詞換成醞釀，讓我們繼續前進。

　　再說意志力，如果你有意志力，請把你的手舉起來。對，就這麼舉著，堅持十分鐘。現在把它放下來。你感覺如何？你感覺手臂痠痛。所謂意志力，往往意味著做那些違背你意志的事。

　　消極思維的力量。不要拒絕發生的任何事，永遠接受，並且樂於接受。只有這樣你才會擁有力量去改變它。

　　內心電影定理：如果你能接受它，你就能超越它。

一頓臭罵。當你想要一頓臭罵的時候，你真正需要的其實是有人輕吻你的臉。我們腦子裡蹦出來的這種懲罰打敗了我們，這種想法反映了我們認為自己應該去做。但事實正好相反，只有當我們願意去做某事的時候，事情做起來才會容易。就像小時候你討厭大清早起床去送報，但如果是去釣魚，那早早起床就不是問題了。

內心電影定理：只要我們願意，我們可以做好任何事。

我們認為自己需要被痛罵一頓以激發我們去做我們不願意做的事，但與其花大把力氣讓你做你不想做的事，不如做你真正想做的事。去釣魚吧——記得帶上你的打字機。

一旦你準備好了，沒有什麼能阻撓你。而如果你沒有準備好，多少頓痛罵也無法讓你去做你不想做的事。

懶洋洋的用途。這一頁我們談論了你為什麼永遠無法開始，你為什麼總是不能堅持下去，以及你為什麼總是不能完成。但是你是不是已經厭倦告訴自己這些？

我們不如先小睡一下。

第十七章

內心障礙：
沒有所謂的創作瓶頸

沒有所謂的「創作瓶頸」。如果你不相信，現在坐下，以「我為什麼寫不下去了」為題，你可以輕輕鬆鬆就寫上 10 分鐘。

17.1 創作瓶頸只是幌子

每次你一寫不出來，就會歸咎於創作瓶頸。把所有問題統統扔進這口黑暗腐臭的大鍋裡，真正的原因也許只是你想去打保齡球。

你文思堵塞，是因為你想去打保齡球。或者是因為你害怕你會超過你父親。不同的原因需要對症下藥。

想清除路障，首先得弄清楚障礙物到底是什麼。

17.2 我們總是自以為是

你是不是有這種症狀：你覺得故事就在你腦子裡，但當你用盡方法想把它弄出來，它卻死都不肯出來。

我們用一個大黑盒子來比喻你的創造力，你認為這個黑盒子裡裝著一隻小金毛犬，但是不管你怎麼做──又喊又哄又使出誘餌──就是無法讓它出來。你知道這是為什麼嗎？因為那並不是一隻小金毛犬。它並不是你

想的那樣，而正是你的預想讓它只敢待在黑盒子裡不敢出來。

所以你應該這麼做：

（1）放棄那個認為它是一隻小狗的錯誤想法。
（2）承認有什麼東西在這個盒子裡，而且它想要出來。
（3）讓它出來。
（4）現在它出來了，你可以看到它究竟是什麼了。

在你創造它之前，怎麼就能預言自己創造了什麼呢？讓它出來。也許它是一隻小狗，但是它有十二隻爪子和綠色的斑點。不管想要出來的是什麼，它也比你想的要好多了。正是你自以為是的先見之明讓它不敢出來，讓它變得普通平庸。

17.3　從傑作的陰影裡解放

我想我知道為什麼莎士比亞能寫得這麼棒——因為他不用拿自己和莎士比亞做比較。

你是不是認為你的寫作應該是莎士比亞式的語調，讓人望塵莫及的鬱鬱寡歡又深奧難測？放自己一馬吧。作為一個作者，你需要做的就是跑到你的讀者面前說：「嗨，我要告訴你一件事。」

17.4　這是世界上最糟的感受

如果寫作讓你痛苦，別指責寫作，去指責痛苦吧。這不是寫作的錯，因為寫作的時候，你想寫的東西應該自然地從你的筆端流淌出來，而這應該是你經歷過最美妙的感受之一。

寫作不會傷害你，停止傷害吧。如果你感覺如同陷入世界上最糟的泥

沼之中，那只是因為你還不會寫。現在坐下來，寫下你的感受。先在寫作的避難所中得到撫慰，再回到你中斷的地方。

17.5 創作瓶頸的好處

除了必須的隨身用具能宣告你是一名作家之外，創作瓶頸應該是你證明自己是作家的唯一證據了。去買一根菸斗，在你夾克的肘部縫兩塊軟皮補丁。或者最好把一張張紙都寫滿——既然你覺得因為你沒有寫滿那些白紙所以不能算是作家，那就把紙都寫滿吧。

寫出關於你家狗狗的8分鐘故事，再用整整12頁列出你認識的所有人，包括現在認識的和你將要認識的。把白紙都寫滿，讓它們告訴你：你是一個作家。（附注：如果你要成為醫生，你需要用訓練和時間變成。如果你想成為作家，也得讓你自己變成一名作家。）

17.6 我在哪裡？為什麼這麼難受？

內心電影定理：掙扎這種症狀，是提示你該走另外一條路了。

內心掙扎的時候，你覺得糟透了，受夠了。別試圖擺脫你的感覺，你愈想擺脫就愈難受。這就是掙扎。

你會想：「這跟我有什麼關係？為什麼我覺得這麼糟？我真是個笨蛋。」

你會從分析到批評，直到你的思維說服感覺，然後感覺更糟。

所謂掙扎，就是你不能接受你的感覺，而不能接受你的感覺的行為就是掙扎。

你覺得自己身處恐懼之中。和你的感覺待在一起，不要施加任何壓力

去擺脫感覺。

當你發現你的思維在感覺四周窺伺，那就對你的思維說：「讓我一個人獨處。」

你可以把這些任務分配給你的思維：

你和感覺待在一起，讓你的思維留意你的行為。你的行為會傳遞給你一些資訊，告訴你為什麼感覺這麼糟糕。

有一種方法……

17.7　自己說服自己

首先注意你跟自己說話時，你都說了些什麼？

「我不夠好。」

「我做不了這個。」

你會讓其他人這樣跟你說話嗎？你可能早就起訴他了。現在用這些話來扭轉局面：「我無可限量。」「我能做好自己想做的一切。」現在就寫一封粉絲信給自己。去吧，寫8分鐘。

17.8　不想再被拒絕，就得先接受拒絕

要想不再被拒絕，就得先接受。接受拒絕。對，這就是方法。拒絕不是針對個人的，不要把它變得個人化。

我碰過一個曾經獨自在世界各地航行的人，他最大的興趣就是征服海洋。在南美洲海岸外的一個地方，他的船翻了，整整40天他趴在一塊船體殘骸上凝視他心心念念想要征服的大海。之後他懂得了兩件事：①他無法征服大海；②大海也沒想過要征服他，他輸了，而大海並沒想要贏。

他明白了大海是客觀中立的。

我們面對拒絕時，心中不由自主就會升騰起對拒絕我們的人的憤怒，

而不是去接受一個事實——他們只是客觀中立，就事論事。

接受它，別讓自己耽溺在失望憤怒的負面情緒之中。

17.9 如何知道你的腦子想休息了？

你是不是有這些症狀：坐立不安，腦子一團亂麻，不堪其擾。治療方法很簡單——去玩吧。

我們不希望你用盡全身力氣讓自己留在椅子上，而沒剩多少力氣來做正經事。所以去吧，把所有干擾從你的頭腦中清除出去。

待會見。

17.10 100 種放鬆法

到大自然裡轉轉。大自然具有超然的智慧，會重新調整你的節奏，解開你讓自己陷入的糾結。看看鳥兒，和橡樹來一場意味深長的對話。

到公園裡走走，從溜滑梯上滑下來，把你的苦悶都留在溜滑梯頂上，一股腦兒從苦悶中滑出來。

去放風箏，把你困惑的問題寫在風箏上，看著它愈飛愈高、愈飛愈遠，你也許能找到一個全新的視角。

週末到好友家去做客，好好享受一下被照顧的滋味。

關注他人的問題。

對著鏡子講一個冷笑話給自己聽。

倒立。

去商場，把所有香皂都聞一遍，挑出最好聞的那個。再買一根蠟燭。回家，洗一個長長的燭光泡泡浴或者淋浴。然後好好睡一覺。

你可以想出更多更好的方式來完成這張清單。

注意，開始寫作的方式與寫作無關。

第十八章
內心障礙：
高級妄想症──一種慢性病

18.1 如何辨別是神經過敏，還是劇本有問題？

請原諒我的粗魯，因為下面我要講一個廁所故事。如果您不想聽，請直接翻過此頁。

想當年分配給我的第一個任務是一部 1 小時電影。「急件」（總是「急件」！），而且得在「四天裡搞定」。

什麼，四天！我於是開始腹瀉。

我的職業生涯和生計財路全都押在這劇本上，我被徹底壓垮了。我的身體亮起紅燈，難受得就像要死掉，但是我清楚地知道這其實是我作為編劇即將迎來新生的症狀。我嘗試說服自己不要這樣──可是沒用。

我去看了醫生，他給了我一顆大藥丸，要我吃了之後上床睡覺。太好了，獲准睡覺。我回到家，坐在床上，看著這顆大藥丸。這個玩意兒到底是什麼？大得可以當大象鎮定劑了。我知道如果吃了它，就能從寫劇本的那四天裡解脫。這是每個人生活中都會出現的時刻──你可以左轉，也可以右轉，你之後的人生就取決於這個決定。

我慢慢站起身，走到我的打字機旁，拿起它把它移到廁所裡，打了這份跟自己之間的約定：「嗨，身體，這是完全自願的對話。你可以說出所有你想說的。…… 我移到廁所裡來遷就你。但是有沒有你，我都要寫完

這個劇本。愛你，維琪。」

　　1小時以後，我已經順利進入第1幕，而且安然無恙地離開廁所，神清氣爽。

18.2 妄想症

　　作家是世界上最聰明的妄想症患者。

　　對，跟你一樣古怪的症狀，在你之前許許多多劇作家都有過，而且他們都挺過來了。按按你的胸骨之間，那是一片多塊狀物的集合，這是你的胸片。所有人都有一塊，非作家也一樣。你也許直到現在才注意到它的存在。一般立志成為作家的人，在打字機裡捲進一張白紙時往往會感覺到它。你不會因為這個而死掉的。再找找其他症狀：你也許會找出一些反覆出現的隱約症狀，有關神經或者搔癢的。有些症狀還需要研究，而搔癢往往意味著故事已經準備出來了，而你還沒準備好讓它出來。

18.3 成為作家的症狀

- **肌肉拉傷**：你太努力了。
- **嘔吐**：一種精神宣洩。你有太多念頭湧上來。隔天往往會是很棒的寫作日。
- **乏力**：你的內心做了太多工作，但是你卻一點也沒把它們呈現在紙上，所以你認為你失敗了。不，你沒有。是你認為你失敗了的想法讓你一直才思堵塞，也是它偷走你的力量。如果故事準備好了，它會出來的，伴隨而來的是你開始覺得搔癢。
- **眼花**：你不想看到你劇本中反映的真實。它們撲面而來，太快了。你發現自己退縮了。你會皺起眉頭。現在練習看著某物——一個咖啡

杯——很長時間不加判斷，只是盯著，仔細檢視。慢慢適應，看著某物並不意味著它就要摔倒你、搞定你。

還有一種減輕眼花症狀的方法——望向地平線，讓你的眼睛適應遠視。看大的圖景，從細節斜視的觀點中解放出來。

• **呼吸短促**：有個學生晚上打電話給我，說自己已經忘了怎麼呼吸。他圍著餐桌慢跑，沒幾分鐘他的呼吸沉重得連他都能聽到。呼吸短促經常發生在當你一眼瞥見你即將經受的那些事情時。它嚇著你了，你擔心自己會失去控制。

• **背痛**：跟「我的背要斷了」一樣，這往往是一種壓力的跡象。你可能擔心自己會退縮，或者你想放棄，一輩子就這麼躺著什麼也不做。給自己一點時間去閒晃。與其他症狀相比，背痛更是一種職業變化的跡象。當你知道自己必須從一種生活方式中掙脫出來，而又不知道在朝什麼前進的時候，背痛會給你一個躺下思考的機會。做一次8分鐘逃離痛苦的嘗試。躺下，讓你內心的聲音告訴你它想要什麼，傾聽，然後採取行動。好好照料你的生活。

這只是眾多症狀中的一小部分，相信你會由此想起你自己的症狀。

18.4 你為什麼會在第 90 頁感冒？

這是抗拒前進的典型症狀。結束時你已經和開始時不太一樣了，在你走進門之前，你需要一點時間站在門口回頭看看你離開的地方。好好利用感冒吧，它給了你幾天時間停下。好好休息，當你準備好了，你會迅速行動的。

18.5 妄想症的非權威和非醫學解釋

　　當你最終決定投入寫作並辭去工作，你會擺脫外在導向——鬧鐘、與同事的互動、規定的午飯時間，而改成內在導向。所有的決定都是你自己決定的，一片靜謐中，你好像都可以聽到自己的心跳。你需要慢慢熟悉你體內的陌生人，就像一棟新房子，當你剛剛搬進去，會聽到很多稀奇古怪的聲響，你會把這些新東西全都當成身體症狀。

　　內心電影定理：讓你的身體為你工作，不要跟你的身體硬碰硬。

第十九章

內心障礙：階段與時期

　　你填滿這些白紙的過程也是一個從無到有的過程。就像孕育一個生命，有行動、構想、醞釀、反應、對反應的調整、結果。不管是一個孩子還是一個劇本，是你創造了它，是你給了它生命，讓它成為真實的存在，其間歷經很多階段，不同時期。你也許想問：「我哪裡不對了？」但是你哪裡都沒有不對，這是創造一種存在的自然狀態。

19.1 做決定

　　如果你要做一個決定，你會先：

- 權衡事實
- 審視自己關於它的感受
- 確定自己想要什麼
- 然後才做出決定？

好，但是然後呢？

　　現在你要做的就是付諸行動。如果你不採取行動，你又會折回去，把做過的決定再做一遍，如此周而復始。

內心電影定理：總是在起點處開始，會讓你永遠都停留在起點。

19.2 如果你害怕前進

害怕是一種感覺。尊重它。如果你忽視它，它會讓你的決定陷入迷茫。既然你已經做出了決定，就採取行動吧。行動就是做點什麼，然後你必須對你的行動做出反應，就這樣向前推進。如果讓你害怕前進的原因是你還沒有準備好，那現在你該採取的行動就是——去做準備。

搜集資訊，提出問題。

找到潛在的解決方案，然後對它們做出反應。把它們一個一個拿出來，讓它們出來。唯一的錯誤就是停在那兒什麼也不做。

走吧。

19.3 少想多做

壓縮思想與行動之間的時間，這就採取行動吧。

19.4 當情節變得複雜

也許會有這麼一個時刻，當你看到故事變得更大、更深、更廣、更令人敬畏，你也許會不知所措，它太多了、太大了，而感覺又太真實了。好了，這說明你已經有些頭緒了，有一刻你會想停下，把它塞進壁櫥裡。去吧，如果你必須這麼做，那就把它收好。但是每次你經過它，它都會升起一團霧氣提醒你它的存在。所以——還是把它拿出來吧。給它一個全新裝備，換個筆記本，換一種新的方式來了解它。

它已經呈現出自己的生命。不管你喜歡與否，它已經開始呼吸了。

19.5 1000 頁：如何取捨？

我的一個客戶走進門找我的時候因為劇本超出預算而緊張萬分、不知所措。她隨身帶著的包包裡裝著一大疊紙──注意，這多少已經反映了她的問題。她給我讀了一些，我注意到當她讀的時候，她將紙面朝下放著。然後她又會把下一張紙放到一堆紙的最後面。她沒有條理、沒有節奏、沒有理性。我們嘗試做一些改變──首先為她的稿紙編上頁碼。

如果你的稿紙多達千張，往往是因為你已經把劇本用12種，甚至更多的方式寫過。做個選擇吧，這一個版本或那一個版本。不要再寫了，你已經找到它了，好好把握你已經擁有的。

你得堅定不移地支持它，否則你會有愈來愈多的素材，那樣只會讓一切愈來愈糟。明確地選擇一種態度，然後清楚地表達出來。

你可能認為要想開始必須：①知道要做什麼；②有信心自己一定能做好。但事實並非如此。

內心電影定理：做的時候，你並不一定知道自己正在做的是什麼。

我們之所以在做事之前提前準備，其實是為了在躍入未知深淵之前給自己信心。但是這並不管用，因為信心是要在經過努力、成功完成任務之後才能獲得的一種感覺，我們在嘗試這個任務之前根本無法擁有這種感覺。

但缺乏信心不代表你缺乏能力。如果你不知道自己現在正在做什麼──去做吧。只有做了才會知道該怎麼做。

第二十章

內心障礙：
文思堵塞怎麼辦？

20.1 這不是考驗

內心電影定理：沒有考驗。

你不是在這裡接受考驗的，除非是你自己選擇考驗自己。

好了，你想經歷這次考驗，但是你也得允許自己不要把考驗弄得太難。

你也許覺得必須寫出一個劇本來「證明」自己，證明自己是你給自己的任務，這任務持續多久、多難由你全權決定，反正最後也是你自己停下來，宣布你通過了這個沒人讓你去經歷的考驗。

內心電影定理：當你沒有什麼需要去證明時，也就證明了一切。

20.2 跨越重重阻礙

我們所做的就是堆起一座座大山，再去攀登、征服。當然繞道而行也未嘗不可，看看在哪裡你能縮短自己的旅程。

20.3 如果不可能，就別做了

如果你覺得你好像無法繼續——那就別繼續了。

你是不是正苦捱著一生中最糟糕的日子，什麼都不對頭？

沒人在你屁股後頭追討這個劇本，可能都沒有人注意到你能不能寫完。是你自己決定要做的。你也許也曾一意孤行地要成為一名鑿岩機操作員呢。對你來說成為「大人物」是不是很重要？這是不是你寫劇本的原因？你的感覺如何——像大人物？不，你現在感覺像個無名小卒。問問自己一些比較困難的問題：你選擇這個任務是為了搞砸它嗎？如果是，那麼你成功了。你已經達到了自己的目標。現在打起精神，讓人們喜歡你，就像你已經是個大人物一樣。

內心電影定理：成功者的定義是——如果目標行不通，改變它，然後贏得成功。

20.4 允許停下

這只是一部電影而已。它不等於你。不管你最終是否完成這個劇本，你的人生都將繼續。可是你覺得你無法停下，因為你抓得太緊了，你把自己整個都投入進去了。

現在做個決定。你能讓你的劇本繼續下去嗎？你能找到一條路向前推進嗎？如果你不能，放手吧。放手也是一種前進。

如果你不想做某些事，那就承認你不想做。不要假裝去努力，省下力氣做你真正想做的事吧。

第二十一章
內心障礙：你的夢

21.1 關於幻想的事實

我有一個老朋友，我時不時會邀請她去看電影。她老幻想成為編劇：「如果我不是在祕書室，我肯定能寫這個。」說歸說，聽歸聽，我永遠知道第二天在哪能找到她，她鐵定還在祕書室裡。

有些幻想只是幻想，你其實並不希望它們變成現實。這沒關係，只是你必須知道這點。

21.2 嫉妒

內心電影定理：你不是其他任何人。

我總是會接到客戶的來電，說他們剛從電影院裡出來，看了一部暴爛的電影。他們不明白這種「垃圾」是怎麼生產出來的，如果他們的電影被相中拍出來，會強上一百倍。

上週我的一個客戶還帶著《人物》雜誌走進我的辦公室：「她為什麼

能上封面？她所有的能耐加起來都比不上我的一根腳拇指。」

問題是：你什麼時候見過腳趾頭上封面？

少即是多。

內心電影定理：你也許擁有一百萬個想法，但其實不需要這麼多。

看看讓你嫉妒的那些人。有些人的才華也許還不及你的五分之一，找到哪些是他有而你沒有的。讓那些令你心生妒意的人來教你一些東西。

21.3 該怎麼讓夢想成真？

你需要相信你的夢。

如果你在夢想成真的途中陷入困境，那只是因為你的夢還不夠強大。你是不是想要一棟海濱別墅或一輛跑車，就這些？

讓我們對你的夢想進行微調。

你為什麼想要一棟海濱別墅？「為了炫耀？」「為了感覺像個人物？」「為了追女孩？」找到你真正想要的，夢想就會擁有更強大的生命力。

我的學生露西想上《人物》雜誌的封面。我們做了一個「那麼……」的練習。

在一張紙的頂端寫上你的夢想，然後用「那麼……」不斷地回溯，一直回溯到夢想的源頭。比如，「我想上《人物》雜誌的封面，那麼人們就能看到我。那麼我就會被人讚賞。那麼羅斯姑媽就能在超市看到，然後打電話給我媽媽。那麼我媽媽就會接到左鄰右舍所有人的電話。那麼她就會為我驕傲。」

一旦你找到了自己欲望的源頭，你就能自由而直接地走向那個需要，並滿足它。有個關於成功的祕密：你必須先滿足需求，之後你才會成功。而如果你努力去成功以滿足需求，最終你會為了成功而把自己原始的需求

拋在一邊。

21.4 夢想和目標的差別

夢想是你關於自我至高無上的強烈願望。它是你的心靈之語。

目標是你的大腦計畫如何去實現你的夢想。

我有兩個朋友，他們差不多同時買下了價值一百萬美元的夢想宅。其中一個朋友通過與他的財務顧問商榷，制定了長期計畫來養這棟別墅，即使他豐厚的收入突然中斷，也無後顧之憂。另一個則是由於一時心血來潮而買下，可謂一次價值不菲的衝動購物。

第一個朋友現在還住在那棟別墅裡，而且依然鍾愛那棟別墅。第二個在他那幢連家具都沒有的夢想別墅裡住了八個月，讓美夢漸漸淪為一場噩夢。

你是想讓你的夢想變成噩夢，還是想讓你的夢想成真？

如果你想讓你的夢想成真，那就先用現實的態度面對它吧。所謂成真，就是不再是夢。

21.5 某天是什麼時候？

直奔你的夢想。如果你覺得在寫電影之前你必須先從學校畢業，或者先寫電視劇，或者乾脆等退休了有大把大把時間的時候再說──千萬不要。

內心電影定理：直奔你的夢想。

21.6 沒有過失的人生

你認為成功總是會挑中那些幸運兒——那些沒有你這些問題的其他什麼人？

成功總是會挑中那些有很多問題，但最終能把問題解決的人。

你有很多問題，所以你得處理、應對那些你選擇的問題，你可以拒絕它們，逃避它們，被捲入，也可以解決它們，然後繼續前進。

第二十二章

內心障礙：行動

22.1 放手去做吧

達斯汀・霍夫曼（Dustin Hoffman）的表演方法是把人物從自己體內提取出來。

勞倫斯・奧立佛（Laurence Olivier）的表演方法是把人物像面具一樣戴起來。

兩位不同年代的演技之神卻惺惺相惜，彼此敬重。

他們一塊兒拍攝《霹靂鑽》（Marathon Man）時，達斯汀始終找不到演繹角色的突破口。

幸虧奧立佛一語點醒：「孩子，你為什麼不試試別想太多，就是去表演呢？」

是不是因為你已經偏離了你的道路，才平添這諸多障礙？直奔終點才是最快路徑。去做吧。

22.2 關於內心敵人的結語

你

現在走到鏡子前面說：「我愛你。」我是說真的，你會好好的。

第五部

結語

第二十三章
沒有哪個行業像娛樂圈這樣[21]

開始寫劇本的那個你和現在寫完劇本的你已經不同了,這個嶄新的你將肩負把劇本賣出去的重任。

內心電影定理:如果在寫之前你就努力想賣出它,寫和賣你哪樣都完成不了。

23.1 妄想症

每個人都認為自己的想法獨一無二,自己的劇本卓然不群,其他人都企圖偷走它。確實,你的劇本很獨特,你的想法很特別,它可能會被偷。可是其實不用偷看,它都可能從這個國家的另一台打字機裡被打出來。

這種事情一直都在發生,只是「集體無意識」而已。(如果非得做點什麼才能使你感覺好些,你可以把你劇本的複印本用掛號信寄給你自己。或者在美國編劇協會註冊,地址是:90048,加利福利亞州洛杉磯市比佛利大道8955號,花一點錢你就可以註冊你的劇本完成稿,得到一個註冊

---

21 此標題原文是電影《娛樂世界》(*There's No Business like Show Business*)的片名,此處作者以此片名做結,可謂別有深意。——譯注

編號。這為你提供了證據，證明你是什麼時候提出這個想法的。）

23.2 怎麼找經紀人？

不管通過哪種途徑，你會找到經紀人的。

發揮你真正的創造力，把你的劇本寄給經紀人的老媽。讓曾經當過傑里·瓦萊（Jerry Vale）球童的三堂弟幫你寫一封推薦函，當然你也可以再次寫信給編劇協會，還是只要花一點錢，他們會發一份有行內執業資格的經紀人名單給你。拿著這張名單，一個一個寄出你的資料吧，可能你會看到這些資料原封不動被退回來。這也許會傷透你的心，別灰心，再把它寄出去。

23.3 我需要經紀人嗎？

經紀人並不能為給你帶來質的改變（問問那些有經紀人的作者，你就知道了）。你尋求的只是一個搭檔。你提供精采的原料，而他則奔忙於各個產品展銷會，努力把它推銷出去。你得讓會上的人對你的東西產生興趣，而他負責擬訂和簽訂合約。其實就算沒有經紀人，你一樣哪裡都能去，誰都能見。在寫出一個品質超棒的劇本之前，你還是先別去打擾經紀人了。

要是你把劇本寄到製片廠，在他們看你的劇本之前，可能會要求你簽署一份權利讓渡協議（Release Form），這是標準程序，不必過分緊張你要簽字放棄什麼。現在你算已經入行了，得學會適應這個行業的行規。

23.4 在找到經紀人之前該做什麼？

想想所有你認識的可能幫你把劇本賣出去或投資拍攝的人。你想讓哪

個演員來演你的主角，就把劇本寄給他。

你也可以嘗試去找願意投資你電影的贊助人，不要只把眼光侷限在好萊塢這一塊。

同時，繼續把劇本寄給經紀人，還有製片人、導演、演員、贊助人。

當然還得繼續寫另一個劇本，如果你想把自己當成一個編劇賣出去，就得讓人看到你確實能幹活。

23.5 我住水牛城，能在好萊塢取得成功嗎？

這不是問題，只是郵費和郵票的問題。

另外，我在替一個情景喜劇寫劇本時注意到，來自好萊塢之外的編劇總是不知疲倦。他們可以一邊聽著廣播，一邊看一部電影。而且就只是看電影，完全不理會形式背後的內容有多荒誕可笑。這給了他們一個更清晰的潛在視野，使他們有機會提出一個好萊塢從未想到過的新鮮點子。

如果你已經決定搬到好萊塢——警告你：名利不會一蹴而就，所以別鬆懈，持續向前吧。

23.6 何時才算入行？

你想要什麼？如果你想要的就是賣出你21天寫成的電影，賺個100萬，同時繼續保住公路收費亭的工作，那就去找一個大製片人，靠著你巨型大片的故事，說服他將你的故事搬到大銀幕上。

如果你想要在好萊塢成為編劇，以編劇為生，那麼你現在要做的是兜售你自己，而不是你的劇本。通過這個劇本使自己受到邀請，去和所有人碰面，和他們見見面，然後拋出其他故事。如果你這麼堅持一段時間，你最終會在業內擁有一席之地。

這裡只是快速簡介如何賣出你的劇本的幾個建議，方法當然比我們說

的要多。但是讓你的劇本成為電影最有效的方法其實是：盡你所能，把它寫到最好。

誌謝

25 年後的今天

親愛的書：感謝你擁有自己的生命，在所處的世界中，以各種語言找到歸屬；感謝你巧妙地離開書架，落在需要你的人手中；受到當代曾寫過傑出電影劇本的劇作家珍視，並陪伴孤獨的作家們，在他們各自的房間內奮戰，證明自我。

感謝我所愛的客戶們，在你們的帶領下人們得以體會人生的冒險電影，也感謝讓我參與其中。現在你有了電子版的化身，將在不斷擴張的全球社群內觸及更廣大的人。

感謝你勇敢地選擇了「內心電影之道」，希望它令你富足。

同時感謝 Buddy Collette 不變的耐心，可靠的價值觀，令人佩服的才能以及無窮的智慧，謝謝你在路上的陪伴。

由衷地祝福！

維琪・金

加州，馬里布 2014

國家圖書館出版品預行編目資料

21天搞定你的劇本：有好故事,卻總是寫不出來!這樣寫,讓你
一口氣完成心中劇本 / 維琪‧金（Viki King）著; 周舟譯. --
初版. -- 臺北市：原點出版：大雁文化發行, 2015.04
240面；17x23公分
譯自: How to write a movie in 21 days : the inner movie method
ISBN 978-986-5657-16-1（平裝）

1.劇本 2.寫作法

812.31   104003479

本書譯文，由銀杏樹下（北京）圖書有限責任公司授權（台灣）大雁文化事業股份有限公
司 原點出版事業部在台、港、澳出版發行繁體字版本。

21天搞定你的劇本：

有好故事，卻總是寫不出來！這樣寫，讓你一口氣完成心中劇本

作者　　　維琪‧金
譯者　　　周舟
封面設計　莊謹銘
內頁構成　黃雅藍
執行編輯　溫芳蘭
校對　　　溫芳蘭、邱怡慈
責任編輯　詹雅蘭
行銷企劃　郭其彬、王綬晨、夏瑩芳、邱紹溢、張瓊瑜、陳詩婷、李明瑾
總編輯　　葛雅茜
發行人　　蘇拾平

出版　　　原點出版Uni-Books
　　　　　地址：台北市105松山區復興北路333號11樓之4
　　　　　Facebook：Uni-Books原點出版
　　　　　Email：uni.books.now@gmail.com
　　　　　電話：02-2718-2001 傳真：02-2718-1258

發行　　　大雁文化事業股份有限公司
　　　　　官網：www.andbooks.com.tw
　　　　　地址：台北市105松山區復興北路333號11樓之4
　　　　　24小時傳真服務：02-2718-1258
　　　　　讀者服務信箱：andbooks@andbooks.com.tw
　　　　　劃撥帳號：19983379 戶名：大雁文化事業股份有限公司

香港發行　大雁（香港）出版基地‧里人文化
　　　　　地址：香港荃灣橫龍街78號正好工業大廈22樓A室
　　　　　電話：852-24192288 傳真：852-24191887
　　　　　Email：anyone@biznetvigator.com

初版12刷　2021年11月

定價　　　300元
ISBN　　　978-986-5657-16-1